Märchen

von

Luise Pichler

Inhalt:

Merlin
Martin, der Ziegenhirte
Mutter Marthes Birnbaum
Kaspars Wanderschaft

Bibliografische Information der Deutschen Nationalbibliothek. Die Deutsche Nationalbibliothek verzeichnet diese Publikation in der Deutschen Nationalbibliografie; detaillierte bibliografische Daten sind im Internet über http://dnb.d-nb.de abrufbar.

Märchen von Luise Pichler

Louise Zeller wurde als Luise Pichler 1823 in Wangen bei Göppingen geboren. Sie starb 1889. Sie veröffentlichte bis Ende der 1850er Jahre, Romane und Erzählungen unter ihrem Geburtsnamen, später auch unter dem Namen Louise Zeller.

Neufassung und Digitalisierung von Peter M. Frey. Die Neufassung nimmt leichte Veränderungen am Originaltext vor, die der Lesbarkeit und der Übertragung in die heutige Zeit geschuldet sind. Ziel ist es, den Charakter des Originals so weit wie möglich zu erhalten. Peter Frey arbeitet als Publizist und Autor in Süddeutschland.

Copyright © 2017 Peter M. Frey
Herstellung und Verlag
BoD - Books on Demand, Norderstedt
ISBN 9783743181687

Merlin.

Es war einmal ein Mann, der hieß Merlin, der lebte an des Königs Hof und war hochgeachtet wegen seiner Weisheit und seines gerechten und wohltätigen Lebens. Gott hatte ihm ungewöhnliche Gaben verliehen; er kannte die Kräfte aller Pflanzen und Kräuter, womit er Kranke heilte; auch vermochte er in den Sternen zu lesen und die Sprache der Tiere zu verstehen. Dadurch brachte er manche Übeltat ans Licht und hinderte manches Böse.

Aber er bekam eben dadurch auch Feinde, die ihn zu verderben beschlossen. Diese gingen eines Abends zum König, um Merlin zu verleumden, als ob er den König vom Thron stürzen und sich selbst auf den Königsthron setzen wolle. Darüber ergrimmte der König und gab ihnen seine Leibwache, mit deren Hilfe sie Merlin greifen und vor ihn bringen sollten, dass er verhört und verurteilt werde.

Der König aber besaß ein kleines, weißes Hündchen, dem einst ein böser Bube mit einem Stein ein Bein abgeworfen hatte. Merlin hatte es geheilt, so dass das Hündchen gehen und laufen konnte wie zuvor und nicht mehr hinkte. Seitdem war das Hündchen sehr anhänglich an Merlin und erfreut, so oft er zum König kam.

Als es nun hörte, was von Merlins Feinden in des Königs Gemach verhandelt wurde, da suchte es durch die Tür zu entkommen und lief eilends zu Merlins

Haus. Dort bellte es laut, um ihn aus dem Schlaf zu wecken.

Merlin aber schlief nicht, sondern stand auf dem Dach seines Hauses und schaute nach den Sternen, denn er hatte dort gesehen, dass ihm eine Gefahr drohe, aber er wusste nicht, woher sie käme.

Da hörte er das Bellen des Hündchens; das sagte ihm, da er seine Sprache verstand, die Worte:

> Flieh, Merlin, flieh Merlin.
> Schon heran die Feinde ziehn!

Als Merlin nun das weiße Hündchen erkannte, das dem König gehörte, so erriet er, was geschehen war, denn er wusste wohl, dass er Feinde und Neider am Hof habe, die ihn zu verderben trachteten. Er überlegte auch, wenn sie ihn gefangen zu dem König führen, so werde er seine Unschuld nicht beweisen können, und wenn seine Feinde falsche Zeugnisse beibringen, so sei er verloren. Darum beschloss er, sich zu flüchten, und hoffte, dass mit der Zeit doch die Wahrheit und seine Unschuld ans Licht kommen werden.

Indem er sich nun mit einem Stück Brot und etwas Obst versah, ein Messer in die Tasche und ein Beil in den Gürtel steckte, und einen großen Stock mit stählerner Spitze zur Hand nahm, der ihm als Waffe und als Stütze dienen konnte, waren seine Feinde mit der Leibwache des Königs herangekommen und hatten in aller Stille die Ausgänge des Hauses besetzt. Doch das Hündchen bellte wieder:

Schon umstellt ist das Haus,
Auf den Baum steig hinaus!

Merlin maß mit seinem Blick den großen Baum, der zur Seite des Hauses stand und mit seinem Gipfel das Dach überschattete. Weil er nun von schlanker, geschmeidiger Gestalt war, gelang es ihm leicht, sich auf die grünen Äste desselben zu schwingen. Von dort gelangte er auf einen zweiten Baum daneben und von da über die Gartenmauer ins freie Feld.

Währenddessen hatten die Feinde sich gierig ins Haus gestürzt, um ihn zu greifen. Das Hündchen sprang ihnen voran, als ob es ihnen helfen suchen wollte, und führte sie bellend von Stube zu Stube, hinauf in die Kammern des Dachbodens und hinab in den Keller. Es schnobberte eifrig hinter den Holzstößen und unter den Fässern, als ob hier jemand versteckt wäre, so dass sie suchend sich immer länger aufhielten und stundenlang in den Schlupfwinkeln des Hauses zubrachten. Merlin hatte indessen längst das Weite erreicht und niemand konnte ihn mehr einholen. Getäuscht mussten die Feinde endlich das Haus verlassen und mit der Nachricht zum König zurückkehren, dass Merlin entflohen sei. Darüber zürnte der König, schalt sie, dass sie ihren Auftrag schlecht ausgeführt haben, und verbot ihnen, wieder vor sein Angesicht zu kommen, bis sie Merlin aufgefunden hätten.

Merlin aber hatte mit Tagesanbruch einen großen Wald erreicht, der sich einige Tagereisen weit über ein

Gebirge hin erstreckte und wilden Tieren aller Art Aufenthalt bot. Man durfte ihn nicht ausroden, denn es kamen die stärksten Flüsse von dort her, und es ging die Sage, dass wenn der Wald gefällt würde, die Flüsse vertrocknen müssten und das ganze Land unfruchtbar werden würde. Darum war Merlin gewiss, dass er hier nicht aufgefunden werden würde, und er wanderte fort, bis er müde geworden war. Da lagerte er sich im Schatten einer Eiche aufs Moos, sättigte und labte sich an Brot und Obst und fiel in sanften Schlaf.

Er hatte eine Weile geschlummert, da weckte ihn eine klägliche Stimme: »Wehe, wehe! Hilfe, Hilfe!«

Als er sich umsah, sah er vor sich im Gras weidend ein Reh mit zwei Jungen, deren eines ein Fuchs gepackt hatte, um es eben in seine Höhle fortzutragen.

Rasch sprang Merlin auf und schwang den gewaltigen Stock gleich einem Wurfspieß nach dem Fuchs.

»Lass mir das Rehlein, das ich erjagt; ich weiß einen Schatz von eitel Silbermünzen, der ist in einem hohlen Baum versteckt, ich will ihn dir weisen«, rief ihm der Fuchs zu.

»Ich will dein Silber nicht«, sprach Merlin und schleuderte den Stock so, dass er den Fuchs an der Schnauze verwundete. Der ließ das Rehlein fallen und schlich sich davon, im Gehen aber knurrte er:

> Will's gedenken, will dich kränken,
> Warte nur, ich verfolge deine Spur.

Merlin ließ sich's nicht kümmern; er hob das Rehlein auf und sah, dass es von den Zähnen des Fuchses blutige Male trug. Da pflückte er einige Kräuter, die in der Nähe wuchsen, und drückte ihren Saft auf die Wunden aus, die alsbald zu bluten aufhörten. Das Rehlein hüpfte munter seiner Mutter zu, und Merlin nahm seinen Stock, um seines Weges weiter zu schreiten. Aber das alte Reh schaute ihm nach und pfiff, wie Rehe tun, wenn sie sich rufen; das klang wie die Worte:

> Dank von mir, Dank von mir,
> Kommt die Zeit, vergelt ich dir!

Nun wanderte Merlin weiter, bis er zu einer Waldwiese gelangte, auf welche die Abendsonne gar freundlich ihre Strahlen warf. Blaue Glocken, bunte Orchis und wilde Rosen blühten darauf, und rings umher stand der Wald und gab Schutz. Da gefiel es Merlin wohl: Er ruhte über die Nacht noch einmal unter einem Baum, und da der Tag kam, schnitt er Pfähle, steckte sie in die Erde und flocht Tannenzweige dazwischen, dass es eine Hütte wurde, die er mit Baumrinde deckte. Zuletzt holte er sich Moos zu einem Lager und wälzte zwei Klötze herbei, die wurden sein Stuhl und sein Tisch.

In dieser Hütte lebte er nun still und friedlich, sammelte Waldkräuter und untersuchte ihre heilsamen Eigenschaften, las nachts in den Sternen und zeigte sich den Tieren hilfreich, die sich krank oder verwundet zu seiner Hütte schleppten. Seine Nahrung waren Waldbeeren, essbare Wurzeln und Schwämme, denn er war mit wenigem zufrieden.

Zwei Monate waren so hingegangen, und er hatte des Königs Hof nicht vermisst, denn ihm gefiel's auf der blumigen Wiese. Da las er eines Abends in den Sternen, dass ihm eine Gefahr drohe; aber er wusste nicht, woher sie käme, bis er den leisen Pfiff eines Rehes aus dem Wald hörte, der lautete:

> Mach dich fort, mach dich fort,
> Böse Feinde nahn dem Ort.

Jetzt vernahm auch sein feines Ohr aus der Ferne ein Stampfen von schweren Tritten und ein Knistern in den Zweigen. Nun erriet er, was geschehen war. Der listige Fuchs hatte mit den starken Bewohnern des Waldes, dem Wolf, dem Eber und dem Bären geredet und Merlin verklagt, dass er sich zu einem Herrn des Waldes aufwerfen und ihnen die Nahrung schmälern wolle. Darüber waren die Tiere ergrimmt und hatten sich aufgemacht, ihn zu töten. Obwohl nun Merlin mutig war und den Kampf wider das stärkste Tier nicht scheute, so wusste er doch, dass er ihrem vereinten Angriff nicht würde widerstehen können. Darum steckte er sein Beil in den Gürtel, sein Messer in die Tasche, auch einige Wurzeln und Beeren dazu, und nahm den Stock zur Hand.

Indem er aber die Hütte verließ, vernahm er noch einmal das leise Pfeifen des Rehes:

Wagst du dich durch den Fluss,
Folget dir kein Feindesfuß.

Merlin schritt rüstig weiter dem jenseitigen Wald zu, den er noch nie betreten hatte. Dort tönte ihm das Rauschen eines Waldstromes entgegen, der sich tosend über Felsstücke hin durch eine tiefe Kluft wälzte. Bald hatte Merlin denselben erreicht. Er schürzte sein Gewand auf, stützte sich auf seinen Stock und kam glücklich über den Fluss, indem er von einem Felsstück zum anderen sprang. Und obwohl ihm das Wasser bis zum Gürtel drang, vermochte es doch nicht, ihn mit sich fortzureißen.

Die Tiere aber stampften erst seine Hütte nieder; als sie darauf seiner Spur nachfolgend an den Strom kamen, hatte er schon das jenseitige Ufer erreicht. Über das reißende Wasser aber wagten sich weder der Wolf noch der Eber noch der Bär. Brummend, grunzend und heulend kehrten sie in ihr Revier zurück; im Grimm aber zerrissen sie den Fuchs, der sie hergeführt hatte.

Ruhig wanderte nun Merlin am Ufer des Stromes aufwärts, bis er an einen großen See gelangte, aus dem der Fluss entsprang; der war überaus schön und still anzuschauen. Wasserlilien und Seerosen wiegten sich darauf, und der blaue Himmel spiegelt sich darinnen, die Sonne warf einen goldigen Schimmer darüber, und ringsum stand der Wald und gab Schutz. Da gefiel es Merlin wohl. Er lagerte sich unter den Zweigen einer Weide, aß seine Waldbeeren und Wurzeln und fiel in sanften Schlaf, denn er war müde von der Wanderschaft.

Er hatte eine gute Weile geschlummert, da weckte ihn ein Schnalzen im Wasser und ein klagender Ruf drang zu seinem Ohr: »Wehe, wehe! Hilfe, Hilfe!«

Als er aufblickte, sah er vor sich im See ein kleines Fischlein, von einem gewaltigen Hecht verfolgt. Dieser war nahe daran, es mit seinem Rachen zu verschlingen. Rasch zog Merlin seinen ledernen Hut, damit fasste er das Fischlein, das bis ans Ufer herangeschwommen war, und rettete es.

Da schnalzte der Hecht, denn die Fische haben keine Stimme, aber Merlin entnahm aus dem Schnalzen die Worte: »Lass mir das Fischlein, das ich erjagt habe; im Grund des Sees liegen Perlen und Korallen; ich will dir weisen, wie du sie zu Tage bringen kannst.«

»Ich will deine Perlen nicht«, sprach Merlin, nahm das Fischlein und trug es in seinem Hut zu einem nahen Bach, der sanft auf Silbersand unter Blumen dahinfloss. Blaue Libellen gaukelten lustig über dem Bächlein in der Luft, und dieses war so klein, dass der Hecht hierher dem Fischlein nicht nachfolgen konnte.

Da hörte Merlin den Hecht heftiger schnalzen, und sein Schnalzen klang:

> Will's gedenken, will dich kränken,
> Treib dich fort von dem Ort.

Merlin aber ließ es sich nicht kümmern; er ließ das Fischlein sanft aus seinem Hut in das Bächlein gleiten, da schwamm es behänd und munter unter seinesgleichen hin. Und indem es weiter schwamm, hörte Merlin es leise schnalzen:

> Dank von mir, Dank von mir!
> Kommt die Zeit, vergelt ich dir!

Da es inzwischen Morgen geworden war, sammelte Merlin Weidenzweige am Ufer, senkte die stärkeren als Pflöcke in die Erde und flocht die schwächeren dazwischen, so dass es eine Hütte wurde, die er mit Schilf deckte. Dann sammelte er sich ein Lager aus Seegras, auch sah er einige Baumstämme auf dem See hintreiben, und es gelang ihm, zwei derselben zu ergreifen, die wurden sein Stuhl und sein Tisch.

In dieser Hütte lebte er nun still und friedlich, sammelte Wasserpflanzen, deren heilsame Eigenschaften er untersuchte, las nachts in den Sternen und zeigte sich auch den Tieren im See hilfreich, die zu ihm herangeschwommen kamen. Zur Nahrung dienten ihm Haselnüsse, die am See wuchsen, und Wurzeln, denn er war mit wenigem zufrieden.

So hatte er sechs Monate gelebt und vermisste des Königs Hof nicht, denn es gefiel ihm an dem blauen, stillen See. Der Winter war gekommen, und eine glitzernde Schneedecke lag auf den Sträuchern und Bäumen; aber Merlin fühlte es nicht, denn der Wald gab Schutz vor rauen Stürmen, und von den Wurzeln und Haselnüssen hatte Merlin einen Vorrat gesammelt. Da las er eines Abends in den Sternen, dass ihm eine Gefahr drohe, aber er wusste nicht, woher sie komme. Indem er darüber sann, hörte er ein leises Schnalzen im Wasser, das lautete:

> Rette dich, schlummre nicht,
> Wogenschwall den Damm durchbricht.

Er schaute sich um und sah, dass die Gewässer von Schneewasser angeschwollen waren, denn es wollte Frühling werden. Der räuberische Hecht aber hatte Merlin bei den Gewaltigen des Sees verklagt, dass er sich zum Beherrscher der Gewässer aufwerfen und ihnen die Nahrung schmälern wolle. Da hatten sich die großen Fische zusammengetan, und da das Wasser schwoll, drangen sie gegen den Damm, der das Ufer beschützte. Der Damm brach durch, die Wogen schlugen darüber und schwemmten Merlins Hütte hinweg.

Aber Merlin war schon weitergegangen gegen Morgen im jenseitigen Wald hin, den er bisher noch nicht betreten hatte. Da er die Flüsse und Bäche auch im Wald anschwellen sah, richtete er seine Schritte nach einer felsigen Höhe, die er unfern erschaute. Er klomm empor und erreichte die Spitze; dort stand er still und schaute rückwärts. Da sah er unter sich den weiten, grünenden Wald und den blauen See und all die schimmernden Flüsse und Bächlein, und jenseits des Waldes die goldenen Türme der Königsstadt.

Da gefiel es ihm wohl auf der freien Felshöhe, und er beschloss, hierzubleiben. Er legte sich unter einer Tanne nieder, die einsam auf dem Felsen wuchs, sättigte sich mit den Haselnüssen, die er noch bei sich hatte, und fiel darauf in sanften Schlaf, denn er war müde von der Wanderung.

Als er eine gute Weile geschlummert hatte, erwachte er an einem kläglichen Ruf: »Wehe, wehe! Hilfe, Hilfe!«

Da er aufblickte, sah er über sich in den Zweigen der Tanne eine Dohle, deren Nest ein diebischer Rabe in Besitz genommen hatte, als sie ausgeflogen war. Auch ihre Eier wollte er hinauswerfen, um die seinigen in das Nest zu legen.

Rasch sprang Merlin herzu, las einen kleinen, runden Stein vom Boden auf und zielte nach dem Raben. Er war ein Meister in allen Leibesübungen und schleuderte einen Stein so sicher, wie ein Pfeil vom Bogen fährt. Da schrie der Rabe: »Lass mir das Nest, das ich geraubt habe! Ich weiß eine goldene Kette, die ich einst in der Stadt gestohlen, die will ich dir geben.«

»Ich will deine goldene Kette nicht«, sprach Merlin und schleuderte den Stein in die Höhe; der traf den Raben, obwohl er rasch aufflog, am Flügel, so dass er nur zum nächsten Gehölz flattern konnte, wo er einige Tage ruhen musste, ehe er seinen Flug wieder zu beginnen vermochte. Im Hinwegflattern aber krächzte er zornig:

> Will's gedenken, will dich kränken,
> Ich bin klug, schlau genug.

Doch Merlin ließ sich das nicht kümmern. Die Dohle hatte wieder Besitz von ihrem Nest genommen, fühlte ihre Eier an, ob sie noch warm wären, dann kreischte sie:

Dank von mir, Dank von mir,
Kommt die Zeit, vergelt ich dir.

Indessen suchte Merlin umher und fand eine kleine Höhlung im Felsen, die er erweiterte, indem er mit seinem Messer und Beil Steine ablöste, so dass sie groß genug wurde, um ihm zur Wohnung zu dienen. Dann sammelte er dürres Laub zum Lager und wälzte zwei große, flache Steine in die Höhle, die wurden sein Stuhl und sein Tisch.

Als er fertig geworden war, hungerte ihn. Da er aber umherblickte, sah er weit und breit nichts, das ihm zur Nahrung hätte dienen können. Die Bäume fingen gerade erst zu grünen an, und im Tal war alles Land überschwemmt. Fleisch von Tieren, Fischen oder Vögeln durfte er nicht essen, weil er ihre Sprache verstand; er tötete auch nie ein Tier und begnügte sich, wenn er sich gegen sie wehren musste, damit, sie nur zu verwunden. Hätte er dawidergehandelt, so würde er alle seine Gaben verloren haben. Darum legte er sich hungernd zum Schlaf nieder.

Des Morgens aber erwachte er am Schnalzen eines Fisches. Da sah er, wie auf dem kleinen Bächlein, das Fischlein durch eine Felsspalte kam, das er einst vor dem Hecht gerettet hatte. Das war indessen größer geworden und trug im Maul das Ei einer Schilfente, legte es an der Felsenwand nieder und schnalzte:

Nahrung dir, Nahrung dir!
Morgen bin ich wieder hier.

Froh stieg Merlin hinab, nahm das Ei und wurde gesättigt. Von da an kam das Fischlein jeden Tag herangeschwommen und brachte ein Ei. Merlin aber studierte das Gestein des Felsens und seine Eigenschaften und las nachts in den Sternen, auch pflegten sich die Vögel und allerlei kriechende Tiere um den Felsen zu sammeln, wenn sie eine Hilfe begehrten. Auch jetzt vermisste er des Königs Hof nicht, denn ihm gefiel's auf der freien Felshöhe, und er schaute gern hinab ins Land, das alle Tage schöner wurde, da der Frühling und der Sommer kamen. Die Gewässer waren längst verlaufen, der Wald grünte und blühte, im See tummelten sich die Fische, der Hecht aber und seine Genossen waren bei der Überschwemmung auf trockenes Land geraten und dort elend verschmachtet.

Es war jetzt ein ganzes Jahr verstrichen, seit Merlin vom Königshof entflohen war; seine Feinde hatten allenthalben im Land nach ihm gefahndet und ihn nicht gefunden. Ohne ihn durften sie nicht in die Königsstadt zurückkehren. Nun ritt eines Tages einer von ihnen in der Nähe des Waldes vorüber und war eben in Gedanken mit Merlin beschäftigt. Da sah er einen Raben vom Wald herfliegen, der setzte sich auf einen Baum am Weg des Reiters und trug einen Gürtel im Schnabel. Den ließ er zu den Füßen des Reiters fallen; dieser hob ihn auf und erkannte an den Zeichen, womit derselbe bemalt war, dass der Gürtel Merlin angehöre. Der diebische Rabe hatte ihn entwendet, da ihn Merlin während des Schlafes abzulegen pflegte.

Jetzt setzte sich der Rabe auf den nächsten Baum und krächzte eifrig. Obwohl nun der Reiter sonst die Tiersprache nicht verstand, so klang ihm jetzt das Krächzen des Raben verständlich, denn diese sind gar gelehrige Tiere, so dass sie auch einzelne Worte der menschlichen Sprache nachrufen lernen. Der Rabe aber krächzte:

> In dem Wald weilt Merlin,
> Kommet bald, greifet ihn!

Da war der Reiter voll böser Freude, schickte einen Boten in die Stadt zum König zurück und verkündete ihm: »Herr König, ich habe Merlins Spur aufgefunden; versammle morgen dein Gericht über ihn, damit ihm widerfahre, was ihm gebührt!«

Der König aber hörte die Botschaft gerne, denn er hegte längst heimliche Zweifel an Merlins Schuld und wollte ihn deshalb selbst befragen, da er ihn einst so lieb gehabt hatte.

Nun suchte der Reiter zwei seiner Genossen auf, die mit ihm vom König verbannt und Merlins bitterste Feinde waren. Vereint nahmen sie den Weg nach dem Wald und hofften Merlin im Schlaf zu überfallen und zu überwältigen. Am Waldrand wartete ihrer auch schon der Rabe, der mit lautem Geschrei vor ihnen herflog, um ihnen den Weg zu dem Felsen zu weisen.

Als sie aber mitten im Wald waren und der Tag sich schon neigte, kam ein großer Geier dahergeflogen. Der war hungrig, und obwohl er sonst ein Lamm zur Speise vorgezogen haben würde oder ein paar zarte Tauben, erschien ihm jetzt in Ermanglung derselben der Rabe gut genug zum Abendbrot. So ängstlich er auch flatterte und so laut er schrie, so erhaschte ihn der Geier doch vor den Augen der Männer, die ihm nicht helfen konnten, und zerriss und verzehrte ihn behaglich auf einem nahen Felsen.

Nun hatten die Feinde Merlins ihren Führer verloren, und indem sie nach dem weiteren Weg suchten, überfiel sie die Dunkelheit. Sie legten sich nieder, um während der Nacht der Ruhe zu pflegen, und hofften, dass sie bei Tag sich leichter werden zurechtfinden können. Aber während ihres Schlafes kam eine Schar Dohlen hergeflogen; es war die Dohlenmutter, die auf der Tanne bei Merlins Felsen horstete, mit ihren acht Jungen, die eben flügge geworden waren. Die ließen sich auf die Schlafenden nieder. Plötzlich fuhren diese mit Schrecken und Wehklagen auf, denn die Dohlen hatten ihnen die Augen ausgehackt. Trostlos irrten sie nun umher, denn sie waren blind und konnten den Ausweg aus dem Wald nicht mehr finden.

Unterdessen wurde es Tag, und in der Königsstadt hatte sich der ganze Hof auf die Wahlstatt begeben, denn der König wollte in offenem Gericht über Merlins Schuld oder Unschuld aburteilen. Hier saß er auf goldenem Thron unter einer Eiche, um ihn her im Halbkreis alle Ritter und Weisen des Hofes, und alle warteten, dass Merlin von seinen Anklägern herbeigeführt würde.

Aber der halbe Tag war verflossen, die Sonne stand im Zenit, und noch war niemand gekommen. Da nahte sich dem Platz ein schlankes Reh, das tat nicht scheu und schüchtern wie sonst, sondern trippelte durch den Eingang in die Schranken und gerade auf den König zu. Zierlich neigte es den Kopf vor ihm, scharrte mit den Füßen und schaute ihn mit den sanften Augen so bittend und wehmütig an, als ob es ihm etwas sagen wollte.

Des wunderten sich alle Anwesenden, der König aber sprach: »Das Reh begehrt Hilfe von uns und Recht; es ziemt sich, dass wir ihm solches bieten, denn kein Schwacher soll umsonst Hilfe vom Königsthron erbitten.«

Das Rehlein aber nickte freudig mit dem Kopf und ging langsam dem Wald zu. Da stieg der König vom Thron, um dem Reh nachzufolgen, seinen Rittern aber gebot er, zurückzubleiben, damit das Rehlein nicht verschüchtert würde. Dieses schritt froh voraus und schaute fleißig rückwärts, ob der König ihm auch gewiss nachfolge. Als sie beim Wald angekommen waren, schlug es den geradesten Weg nach dem Felsen ein, und der König folgte immer noch, denn er war neugierig geworden, wohin das Reh ihn führen werde.

Auch hätte er sich ohne dasselbe schon nicht mehr zurechtgefunden in dem tiefen Wald.

Als nun der Tag sich neigte und der König unruhig zu werden begann, da stand mit einem Mal das Reh still und ließ ein leises Pfeifen ertönen. Der König schaute sich um, da nahm er Merlin wahr, der am Fuß des Felsens saß und einen Kreis von allerlei Tieren um sich versammelt hatte. Die flüchteten und verkrochen sich scheu, als sie den König herzu treten sahen. Auch das Rehlein kehrte mit ihnen zum Wald zurück, nachdem es Merlin noch mit leisem Ruf begrüßt hatte.

»Was tust du mit diesen Tieren allen, Merlin?«, fragte ihn der König, staunend über das, was er gesehen hatte.

Merlin antwortete: »Ich leiste ihnen Hilfe und schlichte ihre Streitigkeiten, denn sie vertrauen mir und gehorchen meinen Aussprüchen.«

»Warum verachtest du denn mein richterliches Ansehen? Oder sind meine Boten nicht zu dir gelangt, die dich vor mein Gericht laden sollten?«, fuhr der König fort.

Merlin aber antwortete: »Hast du Boten an mich abgeschickt, so habe ich doch niemand gesprochen, Herr König.«

Da kreischte eine Dohle auf dem Baum über ihnen. Merlin horchte auf und fragte den König: »Verstehst du, was die Dohle ruft?«

»Wie sollte ich es verstehen?«, gab der König zurück. Da erklärte Merlin das Kreischen der Dohle mit den Worten:

Abendwärts wandelt fort.
Schweiget still, sprecht kein Wort!

Der König aber verwunderte sich jetzt noch mehr über das, was er hörte, als über das, was er vorhin gesehen hatte, und folgte Merlin willig nach. Sie waren eine gute Strecke im Wald hingegangen, da vernahmen sie menschliche Stimmen, die laut wehklagten und miteinander stritten. Es waren die Feinde Merlins, die blind und hilflos umherirrten und im Wald verschmachten zu müssen meinten; sie klagten sich nun selbst an, dass sie dieses Schicksal an Merlin verdient hätten, den sie unschuldig ins Unglück gebracht haben, und jeder gab dem anderen die Schuld, dass er die böse Tat ausgesonnen habe.

Jetzt wusste der König, dass Merlin unschuldig sei, und teilte ihm alles mit, was seine Feinde am Hof über ihn gesagt hatten. Die drei Blinden aber, als sie des Königs und Merlins Stimme hörten, warfen sich ihnen zu Füßen und baten um Gnade. Und auf Merlins Fürbitte erließ ihnen der König jede weitere Strafe. Das Augenlicht aber hatten sie für immer verloren.

Die Nacht brachte der König mit Merlin in der Felsenhöhle zu, und dieser erzählte ihm alles, was er im Wald erlebt hatte. Das kam dem König sehr wunderbar vor, und er gelobte Merlin für immer seine Huld und Freundschaft. Am folgenden Morgen aber traten sie den Rückweg nach der Stadt an, und auch die drei Erblindeten nahmen sie mit sich.

Da kamen von allen Seiten die Tiere des Waldes und die Vögel herbei und blickten Merlin wehmütig nach, denn sie meinten, dass er sie auf immer verlasse.

In der Stadt aber war große Freude, als der König wieder kam, denn man war um ihn in großer Sorge gewesen, und der Jubel war umso größer, da er Merlin mit sich brachte. Von seinen Feinden aber sprach jeder: »Es ist ihnen nur ihr Recht widerfahren.«

Von da an lebte Merlin wieder in der Königsstadt, wo er wie zuvor vielen Gutes tat. Zur Sommerszeit aber brachte er stets einige Monate im Wald zu, niemand durfte ihn besuchen, als nur der König. Dieser aber blieb oft mehrere Tage lang bei ihm, lernte von ihm vieles von den Tieren, den Pflanzen und Steinen, und freute sich jedes Mal wieder auf die Zeit, die er mit Merlin im Wald verlebte.

Merlin aber blieb bis an sein Ende geliebt von den Menschen und Tieren, und stand von jetzt an fest in der Hilfe und im Vertrauen des Königs.

Martin, der Ziegenhirte.

Es war einmal ein Geschwisterpaar, das lebte nach der Eltern Tod ganz für sich in einem kleinen Häuschen, daran ein Gärtchen stieß samt einem Acker, auf dem sie ihr Brot bauten, und einer Wiese, auf der ihre Kuh weidete. Anna hieß die Schwester und Martin der Bruder, der war um ein Jahr jünger als die Schwester und hütete die Ziegenherde des Dorfes auf den Bergen, während die Schwester zu Hause die Kuh und den Acker versorgte.

Beide Geschwister waren noch jung und beide liebten sich zärtlich. Anne besaß ein frommes, demütiges Herz, darum war sie stets heiter und zufrieden und dankte Gott für alle Gaben, womit er sie gesegnet. Martin aber war unzufrieden mit dem niederen, bescheidenen Stand, in dem er geboren war. Sein Sehnen ging danach, Ehre, Ansehen und gute Tage zu haben, und da er wusste, dass der Reichtum all das zu gewähren pflegte, war sein einziger Wunsch, recht reich zu werden. Darüber brütete er tagelang nach, während er seine Herde weidete. Sah er eine Kutsche auf der Straße, die durch das Gebirge hinführte, daher rollen, so beneidete er die, welche darin saßen, und glaubte, sie müssten recht stolz auf den armen Hirten hinblicken, der hoch oben an den Felsen seine Ziegen hütete. Kam er dann abends mit der Herde zurück und die Schwester bewillkommte ihn freundlich unter der niedrigen Tür des Häuschens und setzte ihm das Abendessen vor, so war er missmutig.

Das Stübchen, das seine gute Schwester stets so sauber hielt, erschien ihm so klein und armselig, und das Essen, das sie mit so vieler Sorgfalt bereitet hatte, gering und schlecht, denn er dachte stets an die geschmückten Wohnungen und köstlichen Mahlzeiten reicher und vornehmer Leute.

Seine Schwester sah wohl den Missmut des Bruders; da er sich aber schämte, ihr zu gestehen, was in seinem Herzen vorging, so ahnte sie nichts davon und fürchtete, ihr Bruder sei krank. Das bekümmerte sie sehr, und täglich betete sie zum lieben Gott, dass er ihn doch wieder gesund und froh machen möge.

Martin aber, da er dem heimlich bei ihm eingezogenen Hang nicht Widerstand leistete, wurde mehr und mehr von demselben gefangen. In der Einsamkeit der Berge sann er Tag für Tag alten Geschichten nach, die er im Dorf hatte erzählen hören von Leuten, welche plötzlich reich geworden seien durch Bergmännlein und Kobolde, die im Innern der Erde große Schätze hüteten und dem Metallkönig untertan waren, der je zuweilen glücklichen Menschen, die den Weg in das Innere der Erde gefunden hatten, mit Gold und Edelsteinen beschenkt und für ihr Leben lang reich gemacht hatte.

In manchen Träumen malte sich Martin dann die Möglichkeit aus, dass er selbst solch ein Glücklicher werden, den Eingang in das Gnomenreich finden und mit Schätzen beladen auf die Oberwelt zurückkehren könnte.

Diesen Träumen nachhängend pflegte er seine Herde nach den wildesten und unzugänglichsten Stellen des Gebirges zu führen. Vorzüglich war ein Felsen sein Lieblingsplatz. Da dies der höchste Punkt war, den man rundum ersteigen konnte, so hatte man dort auch die schönste Rundsicht über das ganze Gebirge mit all seinen grünen Tälern, seinen dunklen Wäldern und schroffen Felsen; auch seinen Heimatort konnte Martin von dort überschauen samt seinem Häuschen, das klein wie ein Würfel auf der blumigen Wiese lag. Ganz besonders schön aber war ein stiller, blauer Bergsee, der, rings von unzugänglichen Felsen eingefasst, sonst von nirgends her gesehen werden konnte.

Doch war es nicht die Schönheit der Natur, die den Jüngling so oft zu dieser Bergspitze lockte - sein verblendetes Auge nahm derselben kaum wahr - vielmehr war's eine Höhle, die dort in den Berg ging, und von der alte Leute der Gegend behaupteten, dass sie einst der Eingang in ein nun längst verschüttetes Bergwerk gewesen sei, durch das viel Silber und selbst Gold zu Tage gefördert worden war. Stundenlang konnte Martin in der Höhle weilen, das Auge an eine der Felsspalten gedrückt, die dort wahrnehmbar waren, denn es erschien ihm zuweilen, er sehe durch die tiefe Finsternis in der Erdschlucht ein Flimmern wie von Gold; einmal drang auch ganz deutlich ein Klang wie von fernen Silberglöckchen an sein Ohr. »Ach, wenn doch ein Gnom käme und führte mich mit sich hinab!«, seufzte er dann, aber es schien, als sollte sein

Wunsch nicht in Erfüllung gehen, denn es zeigte sich seinem Auge kein lebendes Wesen außer seinen Ziegen, und statt der fernen Silberglöckchen tönten nur ihre Schellen vom Berg herab.

Einmal an einem schwülen Nachmittag im Hochsommer war er in der Höhle eingeschlummert. Ein Gewitter brach aus, er hörte es nicht. Da wankte der Boden rings um ihn her, er selbst glitt von Stufe zu Stufe rasch abwärts. Er meinte aber, es wäre ein Traum, bis ein plötzlicher Ruck und Stoß ihn aus dem Schlaf weckte.

Als er um sich schaute, war es rings um ihn her dunkel; er erhob sich rasch, da empfand er, dass er in einem engen Gang liege, denn er stieß mit dem Kopf und an der Seite an. Nun erinnerte er sich des Gewitters und erschrak anfangs, weil er fürchtete, dass ein Teil des Berges eingestürzt und die Höhle verschüttet sei und ihn mit dem Gewölbe in einen der halbverfallenen Gänge des alten Bergwerks geworfen habe, wo er bald werde verhungern müssen. Indessen raffte er sich auf und beschloss, nach einem Ausweg zu suchen. Der Rückweg war versperrt, wie er sich durch Tasten überzeugte, so ging er denn vorwärts in der Hoffnung, dass er vielleicht auf einer anderen Seite wieder zum Tageslicht gelangen könne.

Aber über eine Stunde mochte er vorwärtsgegangen sein, ohne dass die Finsternis heller geworden wäre, auch beunruhigte ihn, dass der Weg immer steiler abwärts führte. Indessen half eine Umkehr nichts, er musste wohl oder übel seinen Weg fortsetzen. Da erschien es ihm endlich, als ob sich die Finsternis etwas lichte; zugleich vernahm er von ferne leise Töne, so klar und hell wie von Silberglocken, und es durchschauerte ihn mit freudigem Erschrecken. »Es ist kein Zweifel«, sprach er bei sich, »dieser Weg führt zur Wohnung des Metallkönigs; wenn ich klug und furchtlos bin, so ist mein Glück gemacht.«

Alle Sorge, alle Angst waren jetzt bei ihm verschwunden, und furchtlos schritt er weiter. Im Dämmerschein, der bald das Dunkel verdrängte, nahm er wahr, dass die Wände des Ganges von rötlich blinkendem Kupfer gebildet seien, welches von Silberadern durchzogen wurde. Bald erweiterte sich der enge Gang zur Halle, welche von zwölf Fackeln erleuchtet war, die einiges Licht auch in den Gang geworfen hatten. In der Halle sah Martin mehrere kleine Gestalten in eifriger Arbeit begriffen, kleine seltsame Männlein mit großem Bart und dunklen Gewändern, die teilweise reich mit Silber verziert waren. Sie waren so sehr in ihre Arbeit vertieft, dass Martin ziemlich nahe kommen konnte, ohne dass sie ihn wahrnahmen.

Da schaute eines der Männlein von seiner Arbeit auf und bemerkte den Eindringling. Während nun Martin fürchtete, es werde zürnen, brach es in ein kicherndes Gelächter aus. Das bewog seine Gefährten, auch umzublicken, und augenblicklich fingen auch sie an zu kichern, so dass es Martin alle Furcht benahm und ihn fast verdross. Er hatte jetzt Mut genug, sie anzureden und nach der Wohnung des Metallkönigs zu fragen, denn er war überzeugt, dass er ins Reich der Gnomen gekommen sei.

Da kicherten die Männlein aufs Neue und antworteten:

> Wollen mit dir gehen,
> Sollst den König sehen!

Mit diesen Worten ließen sie die Arbeit und scharten sich um Martin, den sie alle mit Neugier betrachteten. Indem sie immer aufs Neue halb boshaft, halb neckisch lachten, führten sie den Knaben durch immer schönere Räume, bis sie an einem weiten Saal anlangten, der an Pracht alles übertraf, wovon Martin je geträumt hatte. Da war der Fußboden in kunstreicher Arbeit von verschiedenen Metallen zusammengefügt. Die Wände waren von gediegenem Silber, über das sich goldene Blumenranken hinspannten. An der mittleren Wand aber, dem Eingang gegenüber, war ein Thron errichtet aus sämtlichen Metallen, und über ihm wölbten sich zwei silberne und zwei goldene Bäume, deren zarte Blättlein und Nadeln in steter Bewegung waren; das gab helle, wunderzarte Klänge, wie von unzähligen Silberglöckchen. Rings umher an den Wänden standen Fackeln, deren helles, rötliches Licht sich in dem blanken Metall der Wände und des Fußbodens spiegelte.

Auf dem Thron saß der Metallkönig, der trug ein silbernes Gewand; seine Haare waren blond wie von Gold, sein silberweißer Bart reichte bis zum Knie, die

Augen waren rötlich wie die der Kaninchen, die Gesichtszüge sanft und edler als die der übrigen Gnomen; auf dem Haupt trug er eine Krone, in der Hand ein Zepter von Gold.

Als die Männlein Martin unter neuem Kichern vorstellten, schaute der König ihn lange schweigend an; endlich fragte er: »Sag an, Menschenkind, haben dich Vorwitz und Geldgier in mein unterirdisches Reich geführt?«

Da erzählte Martin, wie der Berg während seines Schlummers verschüttet worden, aber er gestand auch, dass damit sein heimlicher Wunsch in Erfüllung gegangen sei, dass er längst vom Metallkönig geträumt und sich danach gesehnt habe, sein herrliches Reich zu schauen.

Da nickte der König und sprach: »Da das dein Wunsch war, so sollst du dich allenthalben umschauen dürfen, danach will ich dich wieder zur Oberwelt geleiten lassen.«

Und sogleich nahmen die Männlein Martin wieder in ihre Mitte, um ihm alle Pracht des Gnomenreichs zu zeigen. Sie führten ihn durch mehrere Gemächerreihen, deren Mittelpunkt stets der Königssaal war; die waren aufs mannigfaltigste ausgeschmückt, und die Fackeln spiegelten sich überall in Gold und Silber, welches strauchartig an der Metallwand emporwuchs und sich in zahllosen Zweigen und Ästchen bis zur Decke ausbreitete. In einem anderen Gemach bildete es prächtige Säulen, welche die Wölbung trugen. Ein jedes der Gemächer war wieder anders, doch keins so schön wie der Königssaal, und auch in jenem gefiel Martin nichts so sehr, wie die vier silbernen und goldenen Bäume.

Zuletzt öffneten die Gnomen eine goldene Tür nahe beim Thron, da sah Martin einen breiten Feuerstrom vorbeifließen, schauerlich, aber doch prächtig und schön anzuschauen. Um dessen Ufer waren zahllose Gnomen beschäftigt, die Dämpfe aufzufangen, die in kleinen Wölkchen bald eisenschwarz, bald rotglühend, bald silberweiß, bald golden schimmernd aus der flüssigen Feuermasse aufstiegen. Aus diesen wurden, wie Martin belehrt wurde, die Metalle bereitet. Das gefiel dem Jüngling überaus gut, und es ergriff ihn der lebhafte Wunsch, an der Arbeit der Männlein teilnehmen zu dürfen, die ihm die edelste Beschäftigung schien, weil er ja nichts höher schätzte, als Gold und Silber. Zuletzt luden ihn die Gnomen zu ihrem Mahl ein, denn es war um die Mitte des Tages. Die Arbeiter hörten auf und begaben sich mit den anderen zu einem weiten Gemach. Dort setzten sie sich im Kreis umher, und auf silbernen Tellern wurden Speisen aufgetragen, die in dem Feuerstrom gekocht waren. Zwar wollten sie Martin nicht recht munden, denn sie schmeckten fremdartig, fett und ölig, aber der Appetit der anderen und sein eigener Hunger bewogen ihn doch, zuzugreifen, und er überredete sich, dass nur das Ungewohnte ihm die Speisen widerlich erscheinen lasse.

Nach dem Mahl kehrten die Arbeiter zum Feuerstrom zurück, Martin aber wurde wieder zum

König geführt, der ihm erklärte, es sei jetzt Zeit für ihn, den Rückweg anzutreten, da er lange emporzusteigen habe. Martin aber schien es unmöglich, aus all der unterirdischen Pracht wieder in seine vorige Dürftigkeit zurückzukehren. Verlangend schaute er umher, der Glanz des Goldes verblendete seine Augen, und die Silberbäume schüttelten ihre Blätter, dass sie wie ein tausendfaches Glockenspiel erklangen. Da wurde sein Herz gefangen, er vergaß seine Heimat und selbst seine Schwester, und bat den Metallkönig, dass er ihm erlauben möchte, in seinem Reich zu bleiben.

Da lachten all die Gnomen aufs Neue und sangen kichernd:

>Hat's schön gefunden,
>Gar schön hier unten,
>Will lassen von der Erde,
>Dass er der unsre werde.

Der König aber wurde noch ernster als vorher, und warnte ihn: »Du weißt nicht, um was du bittest, denn die Menschen auf der Oberwelt sind gar sehr von uns bevorzugt, da sie den blauen Himmel über sich haben mit der Sonne, dem Mond und den Sternen, und um sich die grünen Wälder, die bunten Blumen, die klaren Ströme und gar manches andere Schöne und Wundersame, was die Erde hervorbringt.«

Martin aber sprach: »Alle Schönheit der Erde dünkt mich nichts gegen die Pracht in deinem Reich.« Und noch einmal bat er, dass ihm der König erlauben möchte, zu bleiben. Da lachten die Gnome abermals und deuteten mit dem Finger nach ihm; der König aber nickte gewährend und antwortete: »Du hast es gewollt, so sei es! Doch wisse, von nun an ist dir die Rückkehr auf die Oberfläche der Erde verwehrt, denn du gehörst nun meinem Reich an. Auch darfst du nicht müßiggehen, sondern musst arbeiten, wie alle meine Leute, und Metalle bereiten.«

Martin war bereit, auf diese Bedingungen einzugehen, er bat nur, dass der König ihn denjenigen Gnomen zuteilen möchte, die Gold bereiteten, da ihm diese Arbeit die edelste und höchste erschien.

»Dies ist sonst nicht unser Brauch«, sprach der König. »Die jungen Arbeiter fangen bei dem geringen Metall an, und nur die Würdenträger meines Thrones beschäftigen sich ausschließlich mit dem edelsten Metall. Doch da du als Mensch höheren Ranges bist und freiwillig zu uns kamst, sei deine Bitte gewährt. Nur hüte dich, dass du dir nicht etwa selbst etwas von dem bereiteten Gold aneignest; es würde dir auch nichts nützen, denn es hat im Gnomenreich keiner ein Eigentum für sich, sondern alle Schätze sind gemeinschaftlich, und es darf sich an ihrer Pracht ein jeder ergötzen.«

Martin versprach pünktlichen Gehorsam. Sofort machten sich auf Befehl des Königs einige Gnomen an die Arbeit, um ihm eine Kleidung zu verfertigen, wie sie selbst sie trugen. Da sie äußerst geschickte und rasche Arbeiter waren, wurde diese noch bis zum Schluss des unterirdischen Tages fertig, und Martin freute sich ihrer sehr, denn sie war seiner neuen Beschäftigung entsprechend, reich mit Goldzieraten bedeckt. Ganz glücklich über die Umwandlung seiner Verhältnisse legte er sich mit den Gnomen zum Schlaf nieder. Ein Traum aber führte ihn auf die Erde zurück, zeigte ihm sein Häuschen und seine Schwester, die um ihn weinte und klagte.

Als er jedoch morgens erwachte und rings um ihn die Gold- und Silberpracht glänzte, da vergaß er den Traum und ging voll Begierde mit den Gnomen an die Arbeit. Bei seinem Eifer lernte er diese bald und glaubte, er werde sie nie satt bekommen, und nichts könne schöner sein, als Gold und immer neues Gold aus den Händen hervorgehen zu sehen; auch erschienen ihm die Gnomen gar lustige, kurzweilige Gesellen.

Als aber ein Monat vergangen war, da fing ihn seine Arbeit an zu ermüden, und erschien ihm nutzlos, da er sich selbst von allem gefertigten Gold nichts zueignen sollte und in dem unterirdischen Reich sich auch keinerlei Genuss dafür verschaffen konnte. Und als der zweite Monat verstrich, da erwachte die Sehnsucht nach menschlicher Gesellschaft in ihm, denn die Gnome waren ein neckisches Volk, nicht gut und nicht böse; sie taten ihm kein Leid, aber sie liebten ihn auch nicht; sie trieben gerne Kurzweil, neckten sich und kicherten viel, aber kein sinnreich und gemütlich Gespräch, kein schöner Gesang kam von ihren Lippen, und Martin fühlte sich einsam unter ihnen, denn sie waren nicht seinesgleichen und konnten sein Denken und Empfinden nicht verstehen.

Immer lebhafter wurden nun seine nächtlichen Träume, die ihn in die Heimat und zu seiner Schwester zurückführten. Auch wachend schwebte diese ihm vor; er wusste, dass sie sich um ihn härmen werde, und sehnte sich danach, ihre liebe Stimme wieder zu hören. Als er nun auch den dritten Monat zurückgelegt hatte, da hatte selbst die Pracht des unterirdischen Palastes keinen Reiz mehr für ihn, denn sein Auge war ihrer müde. Kein Tag und keine Nacht, kein Sommer und kein Winter brachten hier eine Abwechslung. Die Goldbäume und Sträucher waren leblos, sie blühten und dufteten nicht. Ihm war zu Mute wie einem Vogel, der in vergoldetem Käfig gefangen ist und sich nach Freiheit sehnt.

Da hielt er es nimmer aus; er beschloss zu fliehen und zweifelte nicht, dass es ihm gelingen werde, glücklich wieder auf die Oberwelt zu kommen. Aber er wollte nicht mit leeren Händen heimkehren, darum barg er heimlich Gold in seinem Gewand, und zur Zeit, da die Gnome schliefen, nahm er eine brennende Fackel und schlich sich leise durch die Gold- und Silbergemächer bis in die entfernten Gänge, wo nur noch Eisen blinkte. Schon atmete er auf und hielt sich für gerettet - da hörte er hinter sich ein boshaftes Kichern, und ehe er noch, vor Schreck erstarrt, sich umblickte, fassten ihn die Gnome und schleppten ihm zum Thron des Königs. Der schaute ihn ernst an und sprach: »Du hast unser Gesetz zweifach verletzt. Ich stellte dir die Wahl frei, ob du zurückkehren wolltest, du schlugst es aus. Warum hast du dich heimlich aufgemacht, zu entfliehen?«

»Das Heimweh hatte mich ergriffen«, sprach Martin, »ich konnte nicht mehr hierbleiben.«

»Hättest du mir dies gesagt, so hätte ich dich in Frieden entlassen«, sprach der König. »Aber nicht genug, dass du heimlich flohest, du hast auch etwas von unseren Schätzen entwendet.« Bei diesen Worten gab er den Gnomen einen Wink. Diese durchsuchten ihn nun und zogen mit höhnischem Triumph die schönen Goldklumpen hervor, die er zu sich gesteckt hatte.

»Du verdienst, dass wir dich in den Feuerstrom werfen, denn das ist bei uns die Strafe für Verräter«, begann der König wieder.

Martin erbleichte, das Kichern der Gnome wurde jetzt zum boshaften Grinsen. Ihre Gebärden zeigten, dass sie nur auf den Wink des Königs warteten, um ihn zu ergreifen und in die brennende Tiefe zu werfen. Da konnte ihn dann all sein Sträuben nicht retten, denn es waren ihrer viele, und ungeachtet dass sie klein waren, besaßen sie große Stärke. Der König aber fuhr fort: »Da du ein Mensch bist und keiner meines Volkes, so mildere ich deine Strafe. Führt ihn zu den Grenzen unseres Reiches, dort aber lasst ihn im Dunkel allein, und keiner unterstehe sich, ihm den Weg zu weisen! Im Dunkel mag er umher irren, und seinem Glück sei es überlassen, ob er hier verschmachte oder den Weg zur Oberwelt wiederfinde. Zuvor aber nehmt ihm seine Gewande ab, die ihm nicht gebühren!«

Da rissen ihm die Gnome die reichen, goldverzierten Kleider ab und legten ihm seine alten Hirtenkleider wieder an. Dann führten sie ihn hinweg bis an die Grenze ihres Reiches, wohin kein Lichtstrahl von dem Feuerstrom und den leuchtenden Fackeln mehr drang. Hier ließen sie ihn allein im Dunkel, kehrten zurück, und lange noch hörte Martin aus der Ferne ihr boshaftes Kichern.

Da stand er nun und wusste keinen Weg. Doch war er froh, dass ihm doch wenigstens das Leben gerettet sei, und beschloss weiter zu gehen, ob er nicht endlich doch einen Ausweg finde. Mit den Händen vor sich hin tastend ging er nun lange in dem dunklen Gang dahin. Endlich kam er an einen Kreuzgang und stand hier lange unschlüssig, welchen Weg er wählen sollte. Endlich schlug er auf gut Glück den zur Rechten ein. Dort mochte er wieder eine gute Stunde gegangen sein, als die Finsternis lichter wurde, und er hoffte, dass er nun bald zur Oberwelt kommen werde. Mit jedem Schritt wurde es heller; die Wände flimmerten und glitzerten, und schon nahm er im Halbdunkel wahr, dass sie aus Kristall waren.

Je weiter er nun ging, desto schöner wurde es um ihn. Im Kristall glänzten herrliche Blumen, aus Edelsteinen gebildet. Endlich stand er vor einem großen, offenen Saal. Da waren die Wände aufs reichste von prächtigen Blumengewinden gebildet; die Rosen waren von Rubinen, die Nelken von dunkelroten Karneolen und Granaten, die Astern und Vergissmeinnicht von blauen Saphiren, die Veilchen von Amethysten, das Laub aus dunkelgrünen Smaragden, hellgrünen Chrysolithen und meergrünen Beryllen gerfertig. In einer Nische aber stand ein herrlicher Thron, den umgaben hohe Lilien aus Diamanten, die glänzten in wunderbarem Farbenspiel. Und in der Mitte des Saales hing ein Kronleuchter in Gestalt einer reichblühenden Sonnenblumenstaude aus Topasen und Agaten, und jedes Blumenblatt strahlte ein weißes, leuchtendes Flämmchen aus, das sich in den blitzenden Edelsteinen hundertfach spiegelte, so dass Martins Auge anfangs ganz geblendet war und sich erst an das strahlende Licht gewöhnen musste.

Auf dem Thron aber saß ein Gnom mit bläulichem Bart und klugen, leuchtenden Augen, seine Haare waren rot wie Feuerflammen, seine Gesichtszüge scharf, wie von Stein geschnitten. Er trug eine Krone aus Edelsteinen gefertigt, und sein blaues Gewand war mit den schönsten kostbaren Steinen reich besetzt; im Gürtel stak ein Dolch, der aus einem einzigen Diamanten geschliffen war. Martin vermutete, dass es der Edelsteinkönig sei, der über ein zweites Gnomenvolk herrschte, und ein Bruder des Metallkönigs war. Die Metallgnomen hatten zuweilen ein Wort von dem Steingnomenvolk fallen gelassen, doch nicht oft, denn sie waren gegenseitig eifersüchtig aufeinander, und jedes Volk wollte für das stärkere und höhere gelten; deshalb besuchten sich auch die Brüder nur selten.

Um den Königsthron saßen im Halbkreis die vornehmsten der Steingnomen, auch waren sie feiner und schöner anzuschauen, als die vom Volk der Metallgnomen. Als sie Martin erblickten, der voll Entzücken umherschaute, da kicherten sie nicht wie die Metallgnomen, denn sie waren ernsthafter und würdevoller von Art; sie schüttelten nur verwundert den Kopf. Da wurde auch der König den Eindringling gewahr, winkte ihn herzu und bedeutete ihm, dass er erklären solle, wie er hier herabgekommen sei.

Martin gehorchte und erzählte, dass die Höhle, in der er geschlafen habe, verschüttet worden sei und er sich im Berg verirrt habe. Darauf fragte der König wieder durch Zeichen, ob er noch nicht bei einem anderen Gnomenvolk gewesen sei. Martin wagte nicht, zu leugnen; er gestand, dass er sich eine Zeitlang im Palast des Metallkönigs aufgehalten, aber Heimweh bekommen habe und nun auf dem Weg sei, den Ausgang aus dem Berg zu suchen. Dabei verhehlte aber Martin auch nicht, dass ihm die Wohnung des Edelsteinkönigs unvergleichlich schöner erscheine, als die des Metallkönigs, und dass er sich gern darin umschauen möchte.

Da nickte der König und schlug mit einem Stäbchen an einen Stein, der an seinem Thron angebracht war. Dieser gab einen hellen Klang, und alsbald kam eine Schar seines kleinen Volkes aus einer Seitentür in den Saal. Der König bedeutete ihnen, dass sie den Fremdling umherführen sollten; sie verbeugten sich zum Zeichen des Gehorsams und scharten sich um Martin, den sie mit großer Neugier betrachteten. Diese suchten sie jedoch zu verbergen, denn sie waren bemüht, dem König sowohl als dem Fremdling gegenüber in würdiger Haltung zu erscheinen.

Darauf führten sie den Ankömmling durch mehrere Reihen von Gemächern, deren jedes anders, und das folgende stets schöner ausgeschmückt erschien, als das vorhergehende. Da war ein ganzes Gemach aus dem seltenen himmelblauen Lasurstein gebildet, mit kleinen, goldenen Punkten; ein anderes aus Bernsteinwänden schimmerte wie durchsichtiges Gold; eines war aus dem Labradorstein gebaut, der in mannigfaltigem Farbenspiel von Blau, Grün, Gold, Rot und Violett in allen Regenbogenfarben schimmerte. Nur dem Königssaal in der Mitte kam keines an Pracht gleich, weil dort die seltensten und teuersten Edelsteine in herrlichen Blumengebilden vereinigt waren. Martin war von Bewunderung ganz erfüllt. Er hatte seine Sehnsucht nach der Erde vergessen, denn was er hier sah, dünkte ihm schöner, als er es je in seinen Träumen gedacht hatte.

Zuletzt öffneten die Gnome eine Flügeltür gegenüber dem Thron, und sie traten in eine zweite kristallene Halle, in der stiegen zwei Springbrunnen empor; der eine vom reinsten, perlenden Quellwasser, der andere von flüssigem Feuer, das jeden Augenblick seine Farbe änderte, bald war es blau wie Schwefel, bald glühend, rot, bald golden, bald wieder leuchtend weiß, bald grünlich, und die Funken, die niederfielen, mischten sich mit dem Wasserstaub des anderen Quells; ringsum aber standen Gnome, die eifrig damit beschäftigt waren, aus Wasserstaub und Feuerfunken

Edelsteine zu bilden; es war dies nicht leicht und bedurfte vieler Behändigkeit, wenn nicht die Funken erlöschen und die Tropfen zerrinnen sollten, ehe der Edelstein fest wurde. Aber das ganze Verfahren sah gar anmutig aus und glich eher einem Spiel, als einer anstrengenden Arbeit.

Zuletzt führten die Gnome Martin wieder vor den Thron, wo der König ihm bedeutete, dass es Zeit sei, zurückzukehren an die Oberwelt. Martins Auge aber war von der Herrlichkeit, die ihm hier entgegen strahlte, geblendet und sein Herz gefangen, er wünschte daher nichts sehnlicher, als immer hierbleiben zu dürfen, und sagte dies dem König. Dieser nickte ihm Gewährung zu, und alle die Gnomen im Kreis schauten sich an und nickten. Dann bedeutete der König Martin, dass er auch arbeiten müsse, und Martin bat, dass ihm erlaubt sein möge, Edelsteine zu gestalten. Der König antwortete ihm in der Zeichensprache, in welcher das stumme Volk der Steingnome ganz geläufig sich ausdrückte, dass zwar nur die Vornehmsten seines Volkes zu dieser Arbeit zugelassen werden und die anderen geringere Steinarten fertigten, dass ihm aber, weil er ein Mensch und freiwillig geblieben sei, seine Bitte gewährt werden sollte.

Sofort wurden ihm neue Kleider gefertigt, denen ähnlich, welche die Gnome trugen - und reich mit Edelsteinen verziert. Martin fühlte sich überaus reich und glücklich, als er sie zum ersten Mal trug. Er konnte sich an der Pracht des Edelsteinpalastes gar nicht sattsehen, und jeden Morgen war ihm der glänzende

Anblick wieder neu. Auch die Arbeit, an der er nun teilnahm, erfreute ihn sehr: Wenn auch viele Funken erloschen und niederfielen, bis einer zum Edelstein wurde, so erhielt dies seine Neugierde nur reger, und die Freude, wenn ein wirklicher Edelstein ihm entgegen blitzte, war umso größer.

Und wie die Steingnome schöner wohnten und gekleidet waren als die Metallgnome, so waren auch ihre Speisen feiner; das ganze Leben bei ihnen erschien Martin anfangs viel angenehmer. Allmählich aber erschien ihm das stete Schweigen drückend und traurig, denn nur wenn die Steingnome unwillig waren, gaben sie einen zischenden Laut von sich, sonst unterredeten sie sich bloß durch Zeichen, und die klingenden Steine beim Königsthron waren das einzige, was in der unterirdischen Stille einen Laut gab.

Als er im zweiten Monat unten lebte, da war ihm auch seine Beschäftigung langweilig und ermüdend geworden, eben weil sie keine rechte Arbeit war, und er fragte sich, was die Edelsteine ihm nützen sollten, die er doch nicht verkaufen oder irgendwie verwerten konnte. Zuletzt erfreute ihn auch die unterirdische Pracht nicht mehr, sein Auge war an sie gewöhnt und ihrer sogar überdrüssig, denn es blieb sich stets alles gleich, kein Tag und keine Nacht, kein Sommer und kein Winter brachten Abwechslung. Ihm war zu Mute wie einem Gefangenen und er fragte sich, was aller Glanz des unterirdischen Palastes ihn nütze, wenn er sein Leben ohne Freunde und ohne Freude hier zubringen müsse. Und je lebhafter seine Sehnsucht nach der Oberwelt und nach den Menschen erwachte, desto heller wurden auch die Träume, die ihm in jeder Nacht seine Vaterhütte und seine Schwester vorführten, welche noch immer um ihn klagte.

Da beschloss er endlich zu fliehen und hoffte, dass er einen Ausgang aus dem Berg finden werde. Er hütete sich diesmal auch wohl, etwas von dem Schatz der Gnomen zu berühren, aber seine schönen Gewänder glaubte er behalten zu dürfen und tröstete sich damit, dass die Edelsteine, womit dieselben besetzt waren, kostbar genug seien, um ihn zum reichen Mann zu machen. Als die Gnome alle schliefen, nahm er einen Armleuchter von der Wand und machte sich leise auf den Weg. Schon hatte er alle Edelsteingemächer und selbst die Kristallhallen hinter sich und war in die Marmorbrüche, welche die Grenze des Edelsteinreichs bildeten, gelangt, da hörte er hinter sich ein Zeichen und erschrak heftig, so dass er wie erstarrt still stand. Die Gnome aber, die ihm nachgeeilt waren, griffen ihn und brachten ihn vor den König.

Dieser sagte nichts und bedeutete nur den Gnomen, dass sie ihm die reichen Gewänder abnähmen und seine alten Hirtenkleider wieder anlegten. Dann befahl er, man solle ihn an die Grenze des Reiches führen und dort im Dunkel zurücklassen, dass er den Weg aus dem Berg selbst finden oder umkommen möge.

Sofort führten ihn die Gnome bis an die Grenze der Marmorbrüche. Hier, wohin kein Lichtstrahl mehr drang, verließen sie ihn, und Martin hörte nur aus der Ferne noch ihr unwilliges Zischen. Er war nun allein im Dunkel, aber froh, dass ihm doch Leben und Freiheit geschenkt seien, und beschloss, unverzagt weiter zu tasten, ob er nicht endlich den Ausgang finde. Manche Stunde lang ging er so hin. So oft ein Kreuzweg kam, schlug er auf gut Glück die Richtung zur Rechten ein. Da endlich schien ein schwacher Lichtschimmer durch die Dunkelheit zu dringen, zugleich tönte ein Rauschen wie von fernem Wasser zu seinem Ohr. Er war hocherfreut und ging rascher vorwärts in der Hoffnung, bald ans Tageslicht zu gelangen, - da wurde es heller und heller, und mit einem mal öffnete sich eine Felsengrotte, deren Wände aufs Herrlichste mit Muscheln geschmückt waren. Die schimmerten in allen Farben, und dazwischen blinkten rote Korallen und milchweiße Perlen, deren milder Schimmer viel wohltuender war als der blendende Glanz der Edelsteine, und rings um die Grotte floss ein stiller, blauer See.

Das alles erschien dem Jüngling viel schöner, als was er bisher gesehen hatte. Indem er sich noch umschaute, klang von ferne her ein wunderschöner Gesang und ein Nachen, aus Perlmuttschale gebildet, kam über den See angefahren, darin saßen drei weibliche Gestalten mit langen, seegrünen Haaren, in die sie Korallen und Perlen eingeflochten hatten. Sie waren es, die so wunderschön sangen, und Martin wusste nun, dass es Nixen seien, von denen er schon manches gehört hatte.

Als die Nixen aus ihrem Nachen stiegen und in die Grotte traten, waren sie erstaunt über den Fremdling. Martin redete sie an und erzählte, dass er wider seinen

Willen in den Berg gekommen sei und nun, da er den Ausweg suchte, in die Muschelgrotte geraten sei. Da winkten sie freundlich, luden ihn ein, sich zu setzen, und hielten ein herrliches Mahl von Fischen, Austern und Seekrebsen. Danach führten sie ihn durch eine ganze Reihe von Grotten, die rings um den See in den Berg gebaut waren und deren immer eine schöner und verlockender ausgeschmückt war, als die andere, die eine aus brennend roten Korallen mit ihren schönen Ästchen und Zweigen, die andere aus weißschimmernder Perlmutter, die dritte aus blauen Muscheln, eine weitere aus grünen, und wieder eine bunt aus Muscheln von allen Farben gebildet, so dass man immer diejenige für die schönste hielt, in der man sich eben befand. Zuletzt luden die Nixen Martin ein, mit ihnen in den Nachen zu steigen, und während sie sich sanft von den Wellen schaukeln ließen, sangen sie mit glockenreinen Stimmen so schön, dass es Martin das Herz gefangen nahm und er über ihrem Gesang und der Schönheit des Sees und der Grotten alle Sehnsucht nach Heimat, ja selbst seine Schwester vergaß. Während sie sangen, kamen andere Nixen auf ähnlichen Nachen herangefahren, denn es bewohnten stets ihrer drei eine Grotte; singend befragten sie die Schwestern um den Fremdling in ihrem Nachen, und singend bekamen sie Antwort.

Von Zeit zu Zeit tauchten sie unter, um in der Tiefe des Sees Perlen, Korallen und Muscheln zu sammeln, welche von selbst, ohne dass sie etwas dazu tun mussten, wuchsen; rings um den See aber gingen hohe, schroffe Felsen, die schlossen ihn von der ganzen übrigen Welt ab.

Da erschien Martin das Leben bei den Nixen wunderschön, und als sie ihm andeuteten, dass es Zeit für ihn sei, den Rückweg zu suchen, da bat er dringend, bei ihnen bleiben zu dürfen, denn es erschien ihm unmöglich, aus dieser Pracht heraus in seine ärmliche Hütte zurückzukehren. Die Nixen nickten gewährend und sangen sich triumphierend in anmutigem Wechselgesang zu:

> Sah die weißen Perlen blinken,
> Sah Korallen rötlich winken,
> Hat das Muschelhaus gesehen,
> Nimmer kann er von uns gehen.

Martin aber fühlte sich überaus glücklich. Die Nixen bereiteten ihm ein weiches Lager in einer der Grotten, darauf schlummerte er sanft ein, und die Träume hatten keine Macht über ihn. Als er morgens erwachte, da lag statt seiner Hirtenkleider ein schönes fließendes Gewand, an den Säumen mit Perlen und Korallen verziert, wie es die Nixen trugen, bei seinem Lager.

Ein Monat schwand, ihm folgte ein zweiter und dritter, noch war er des Lebens in den Nixengrotten und auf dem See nicht müde. Im Nachen liegend lauschte er ihrem Gesang, lernte auch in die Tiefe niedertauchen, Perlen und Korallen sammeln und die Grotten mit neuen schönen Muscheln schmücken. Als aber wieder drei Monate vorübergingen, da war er der spielenden Beschäftigung überdrüssig, sie langweilte ihn, weil sie keine rechte Arbeit war. Noch einmal drei Monate, da erschien ihm der See mit seinen Felsenmauern eng, und die Muschelgrotten erfreuten sein Auge nicht mehr, denn er war ihrer gewohnt und hatte sie schon zu lange gesehen, und als das Jahr um war, da machte der Gesang der Nixen ihn traurig, er fühlte sich unter ihnen einsam, da sie nicht seinesgleichen waren und er nicht wie mit Menschen mit ihnen sprechen konnte. Und je mehr sein Heimweh erwachte, desto lebhafter wurden auch seine Träume, die ihm sein Häuschen in der Heimat und seine Schwester vorführten. Zuletzt vermochte er die Sehnsucht nicht mehr zu unterdrücken und beschloss zu fliehen, denn was nützte ihm alle Schönheit um ihn her, wenn er ohne Freude und Freunde war?

Er wagte es nicht, den Nixen sein Vorhaben zu gestehen, weil sie so freundlich gegen ihn gewesen waren. Auch konnte er es nicht übers Herz bringen, etwas zu entwenden, das ihnen angehörte, darum legte er nachts, da sie schliefen, sein schönes Gewand ab, zog seine alten Hirtenkleider wieder an und bestieg den Nachen. Er wollte gern in die Armut zurückkehren, wenn er nur bei Menschen war und frei umhergehen konnte, auch war ihm jede Arbeit jetzt willkommen, denn er war des Müßiggangs von ganzem Herzen überdrüssig.

Er hatte zu seiner Flucht eine klare Nacht abgewartet und suchte an der Seite zu landen, wo ihm die Felsen am wenigsten steil erschienen. Der Nachen glitt leicht, wie von unsichtbarer Hand gelenkt, über den See hin und stand still an einem Felseneinschnitt, den Martin unschwer mit einem Sprung erreichen konnte. Während er nun rüstig an dem Felsen emporkletterte und der Nachen sanft zu der Muschelgrotte zurückglitt, tönte gar lieblich der Gesang der Nixen über den See:

> Fahre wohl,
> Fahre wohl!
> Hast uns treu gedient ein Jahr,
> Glück sei mit dir immerdar!

Daraus entnahm er, dass die Nixen nun seine Flucht wussten und ihm nicht deswegen zürnten. Das tat ihm wohl, und leichteren Herzens setzte er seinen Weg fort.

Als er die Höhe des Felsen erreicht hatte, ging eben die Sonne auf. Wie viel schöner erschien ihm ihr Anblick und das Bild, der von ihren goldenen Strahlen erleuchteten Landschaft, als alle unterirdische Pracht! Das Grün der Täler, die silberhell blitzenden Flüsse, die Tautropfen, die gleich unzähligen Diamanten schimmerten, die Blumen in ihrer zarten bunten Pracht, der weite freie blaue Himmel - alles war ihm neu und er konnte nicht fassen, wie er je gegen diese Schönheit so gleichgültig habe sein können. Als aber die Sonne weiter emporstieg und ihre Strahlen die Nebel im Tal auflösten, da er kannte er am Fuß des Berges sein Heimatdorf, und auf der grünen Wiese sein

Häuschen mit dem kleinen Garten, und er sah, dass er nicht fern von der Stelle war, auf der er so oft geweilt hatte, während seine Ziegen an der Bergwand weideten, wo früher die nun verschüttete Höhle gewesen war. Mit beflügelten Schritten eilte er nun vollends hinab. Als er sich dem Häuschen näherte, trat eben seine Schwester in das Gärtchen; noch einige Augenblicke, und mit einem Freudenschrei lag sie in den Armen des als tot beweinten Bruders.

Als Martin darauf an ihrer Seite in das kleine Stübchen trat, worin einst seine Eltern gelebt hatten, und das seine Schwester so sauber hielt, in dem aber außer den wohlgepflegten Blumen auf dem Fenstersims kein Schmuck zu sehen war, da dünkte es ihm hier traulicher und schöner zu sein, als in den glänzenden Gnomenpalästen und der schimmernden Nixengrotte. Nach Reichtümern hatte er kein Verlangen mehr, denn er hatte empfunden, wie wenig ihr Besitz das Herz glücklich mache. Als er aber der Schwester seine wunderbaren Abenteuer erzählt hatte und sich beide zur Ruhe anschickten, denn es war über seiner Erzählung spät in der Nacht geworden, da griff er von ungefähr in seine Tasche, und siehe, er zog ein Korallenhalsband und eine Schnur feiner Perlen aus derselben; diese hatten die freundlichen Nixen, welche sein Heimweh wahrnahmen und seine Flucht voraussahen, in seine alten Kleider gesteckt, um sie ihm ohne sein Wissen als Geschenk mitzugeben.

Das Halsband schenkte Martin seiner Schwester, und sie musste es annehmen und tragen, obwohl sie sich weigern wollte, da es zu schön für sie sei. Die Perlenschnur aber behielt er für sich zur Erinnerung an das stille Nixenreich. Und es schien ein unsichtbarer Segen daran zu haften. Er hatte sich als Ackerknecht verdingt, denn zum Ziegenhirten war er zu groß und stark geworden. Sein sorgfältig gesparter Lohn reichte gerade hin, das Häuschen der Eltern, das baufällig geworden war, herstellen zu lassen. Später gelang es ihm allmählich, ein größeres Stück Ackerland anzukaufen, auf dem er sich ehrlich und redlich nährte. Als ein Nachbarssohn um die fleißige Anna warb, führte auch er statt der Schwester ein junges Weib ins Haus.

Auch künftighin zeichnete sich Martin als junger Hausvater durch emsigen Fleiß und zufriedenen Sinn aus, darum war sein Haus auch ein gesegnetes. Blühende Kinder wuchsen zur Freude der Eltern heran, ihrer sieben, Söhne und Mägdelein; durch Sparsamkeit und Fleiß gelang es dem Vater auch die jüngsten derselben auf einem eigenen kleinen Gütchen wohl versorgt zu sehen. Erst im späteren Alter zog er sich zur Ruhe zurück, gepflegt und geliebt von seinen Kindern und der muntern Schar der heranwachsenden Enkel.

Mutter Marthes Birnbaum.

In alter Zeit lebte in einem Gebirgsdorf eine betagte arme Frau, die man nur die Mutter Marthe hieß. Mühsam verdiente sie sich ihr notdürftiges Brot, indem sie Tag für Tag im Wald Heilkräuter sammelte oder Wurzeln grub, die sie an den weitberühmten Arzt verkaufte, der in der Stadt jenseits des Waldes seinen Wohnsitz hatte. Jede Woche einmal wanderte Marthe dorthin, einen tiefen Tragkorb auf dem Rücken, einen Stock in der Hand, auf den sie sich stützte, und begleitet von ihrem Hund Karo, der ihr einziger Freund und Gesellschafter war. Ihre kleine baufällige Hütte war abseits vom Dorf am Waldrand gelegen und enthielt nur ein einziges Gelass, das zugleich als Küche und als Wohn- und Schlafstube diente und eine hölzerne Bank, einen Tisch in der einen Ecke, eine alte Truhe in der andern barg, dazu auch einen Ofen, der zugleich die Stelle eines Herdes versah. Im Ofenwinkel stand eine Bettstelle, in der ein Strohsack und ein Schaffell als Decke lag. Diese schmucklosen Geräte hatte vor langen Jahren Marthens einstiger Mann eigenhändig zurechtgezimmert. Sie hatten glückliche Jahre in dem engen Stübchen zusammen verlebt. Nun war Marthens Mann längst tot und auch ihre Kinder waren ihm gefolgt, und so sehr Marthe sie betrauert hatte, war ihr Schmerz doch allmählich durch den Lauf der Zeit gemildert worden. Sie hatte sich an ihre Einsamkeit gewöhnt und sie lieb gewonnen. An ihre Hütte, die sie höchst behaglich ausgestattet glaubte, denn sie war zufriedenen Sinnes, stieß noch ein kleines Gärtchen, in dem ein Baum stand. Es war ein Birnbaum, den einst ihr Mann gepflanzt hatte. Nun war er zu einem so hohen und prächtigen Baum herangewachsen, wie in der weiten Umgegend keiner zu sehen war. Jedes Jahr trug er eine Fülle der prächtigsten Früchte, und Marthe nährte sich den Winter über, wo es keine Kräuter im Wald zu sammeln gab, vom Verkauf der Birnen, von denen sie jede Woche einmal einen Korb zur Stadt trug, wo sie ihres Wohlgeschmacks wegen gerne gekauft und auch gut bezahlt wurden.

Im Besitz dieses Birnbaums dünkte sich Marthe wie eine reiche Frau, leider aber pflegte in ihrer Abwesenheit der prächtige Baum, wenn die Früchte kaum zu reifen begannen, von der lüsternen Dorfjugend geplündert zu werden; darum sah sich Frau Marthe genötigt, zur Herbstzeit Karo zum Schutz des Baumes zu Hause zu lassen, während sie ihre Kräuter sammelte und in die Stadt trug. Das kränkte beide sehr, denn die alte Frau und der alte Hund waren treue Gefährten und verstanden sich so gut, als wären sie beide ihresgleichen.

Nun kam ein harter Winter, der zwei Monate hindurch so große Kälte brachte, dass Stein und Bein gefror. Hierauf fiel so viel Schnee, dass die Wölfe die Wälder verließen und in die Dörfer kamen. Es war in dem Land große Not, und Marthe und Karo litten darunter mehr als die anderen, denn sie hatten seit

Wochen nicht in die Stadt gehen können, um vom Erlös der Birnen Brot zu kaufen.

Eines Abends, als der Wind heulte und der Schnee wirbelte, erwärmten sich die beiden Hungernden aneinander beim erloschenen Herdfeuer; da klopfte es an die Türe.

So oft sich sonst jemand der Hütte näherte, pflegte Karo wütend zu bellen in der Meinung, es seien Diebe, die Frau Marthe ihren einzigen Reichtum, ihre Birnen zu stehlen kommen. Diesen Abend hingegen stieß er nur sanfte Töne aus und wedelte mit dem Schwanz zum Zeichen seiner Freude.

»Um Gottes willen«, rief von außen eine klagende Stimme, »öffnet einem Armen, welcher vor Frost und Hunger stirbt!«

»Drückt auf die Türklinke!«, antwortete Mutter Marthe, »das wäre schlimm, wenn ich bei solchem Unwetter ein Geschöpf Gottes vor der Tür stehen ließe.«

Der Fremde trat ein; er sah noch bejahrter und abgezehrter aus, als Mutter Marthe, und trug einen dünnen, fadenscheinigen Zwilchrock, der ihm weder gegen die Kälte noch gegen Wetter und Wind Schutz geben konnte.

»Setzt Euch, guter Mann!«, sagte Mutter Marthe mitleidig; »Ihr seid zwar bei mir nur in ein bescheidenes Quartier gekommen, aber ich habe noch so viel im Vorrat, dass ich Euch werde notdürftig erwärmen und sättigen können.«

Mit diesen Worten legte sie ihr letztes Büschel dürrer Reiser, die sie im Sommer gesammelt hatte, auf die noch nicht ganz erloschene Glut, nahm dann aus der Truhe ein Stück harten Brotes samt drei Birnen, die noch einzigen Lebensmittel, die sie vorrätig hatte, und reichte sie dem Fremden. Bald flackerte das Feuer neu wieder auf; der Alte wärmte sich und aß mit großem Behagen. Während er sich labte, leckte ihm Karo die Füße, von denen ihm Frau Marthe die nassen, zerrissenen Schuhe abgenommen hatte.

Als ihr Gast gesättigt war, nötigte ihn Frau Marthe, dass er sich in ihrer Bettstelle niederlegte und deckte ihn sorglich mit dem Schaffell zu, während sie selbst auf der harten Bank zu schlafen suchte, den Kopf auf einen Sack gestützt, in dem sie sonst Kräuter zu sammeln pflegte.

Am anderen Morgen erhob sich Frau Marthe zuerst. »Ich habe meinem Gast nichts mehr vorzusetzen«, sprach sie für sich, »habe meine Birnen leider selbst aufessen müssen, weil ich nicht in die Stadt gehen konnte, um Brot zu holen. Der alte Mann aber soll nicht hungrig bleiben; darum, ob sich's wohl schicken würde, dass ich für mich selbst bettelte, da ich noch eine rüstige Frau und nicht so gar arm bin, so will ich doch ins Dorf gehen und sehen, ob ich nicht für einen armen alten Mann ein Almosen erbitten kann.«

Sie sah zum kleinen Fenster hinaus; das Schneegestöber hatte aufgehört und die helle Frühlingssonne sandte ihre ersten milden Strahlen. Indem sie sich umwandte um ihren Stock und ein

Körbchen zur Hand zu nehmen, sah sie ihren Gast das Lager verlassen und sich zum Gehen anschicken.

»Was, Ihr wollt schon wieder weiter?«, fragte sie.

»Mein Auftrag ist erfüllt«, entgegnete der Unbekannte, »ich muss meinem Herrn dafür Rechenschaft geben.« Der schlechte Zwilchrock fiel ihm von der Schulter, und der Greis stand in leuchtend weißem Gewand und mit verklärtem Antlitz vor den Augen der erstaunten Marthe. »Wisse«, sprach er, »dass ich einst als Mönch aus der Ferne kommend in diesen Gauen zum ersten Mal die christliche Lehre gepredigt habe; nun hat mich Gott abgeschickt, dass ich nachschaue, wie die Nachkommen jener Belehrten die heiligen christlichen Gebote ausüben. Ich habe an der Tür des Bürgermeisters und der Bürger dieses Dorfes angepocht; ich klopfte auch bei adligen Grundherren und ihren Pächtern an. Sie alle haben mich von der Tür gewiesen, vor der ich kältezitternd stand. Du allein hast Barmherzigkeit geübt, obwohl du in Wirklichkeit so arm bist, wie es schien. Ich darf dir nun vergelten. Sprich einen Wunsch aus, er wird in Erfüllung gehen!«

Während dieser freundlichen Worte des Himmlischen hatte sich Mutter Marthe von ihrer anfänglichen Bestürzung erholt und erwiderte: »Nun wundert mich nicht mehr, dass Karo Euch die Füße geleckt hat; er ist ein kluger Hund und hat Euch eher erkannt, als ich. Für Eure Güte aber danke ich. Es wäre ja schlimm, wenn ich um der Belohnung willen Barmherzigkeit geübt hätte.«

»Bitte dennoch«, sprach der Himmlische, »Du bist arm und bist betagt. Wünschest du dir bescheidenen Wohlstand, ein Haus und ein Gütchen, dass du deines Alters Tage in guter Pflege zubringen kannst?«

»Ach nein, guter Heiliger«, antwortete Frau Marthe fast gekränkt, »Ihr seht, dass ich ganz behaglich hier wohne, und wenn der gütige Gott jetzt den Frühling schickt, wie es den Anschein hat, so kann ich bald wieder Kräuter sammeln gehen, und Karo und ich brauchen nicht weiter Mangel zu leiden.«

»Aber ist das nicht ein gar mühselig Brot für dein Alter?«, begann der Heilige wieder; »möchtest du nicht so viel haben, dass du künftig nicht zu hartem Tagwerk mehr gezwungen wärest?«

»Das wieder nicht, Herr«, gab Frau Marthe zurück, »Ihr wisst nicht, wie wohlig es zuweilen im Wald ist; morgens, wenn die Sonne zwischen den Bäumen durchblinkt und die Tannen harzig duften und die Waldblumen blühen und die Vögel jubilieren, und des Abends wieder, wenn der Mond und die lieben Sterne blinken und der Wald schweigt und die Vögel schlafen gehen. Es ist des Schönen auch manches in der Stadt zu schauen, allwohin ich jede Woche einmal wandere; doch schöner ist es im Wald und nimmer möchte ich von ihm lassen.«

»So wünschest du dir langes Leben?«, fragte jetzt der Heilige, »und dass du von des Alters Beschwerden bis zu deinem Ende verschont bleiben möchtest?«

Doch abermals antwortete Mutter Marthe: »Habt Dank für Euren guten Willen, aber ich möchte Euch in der Tat nicht mit dieser Bitte bemühen; von des Alter Beschwerden spüre ich noch nichts, nehme es mit mancher Jungen noch auf, dieweil die Waldluft gar kräftig ist. Auch bin ich erst siebzig Jahre; meine Großmutter ist hundertundzwanzig geworden; bis dahin habe ich noch fünfzig Jahre vor mir, und dann ist es auch Zeit, dass ich meinem Mann und meinen Kindern nachfolge, die im Himmel auf mich warten; drum wünsche ich mir denn auch kein längeres Leben.«

»Besinne dich, hast du nicht dennoch irgendeinen Wunsch?«, fragte der verklärte Mönch.

Marthe dachte nach; zögernd sprach sie endlich: »Nun denn, weil Ihr es durchaus haben wollt, so will ich gehorchen. Wisst, ich habe im Garten einen Birnbaum, so schön, wie nirgends ein anderer zu sehen ist. Durch seine Früchte, die Ihr gestern gekostet habt, nährt er mich über den Winter; aber die bösen Buben im Dorf bestehlen mir den Baum, darum muss Karo zurückbleiben ihn zu bewachen, und ich muss ohne ihn ins Kräutersammeln und in die Stadt gehen. Macht nun, dass, wer auf meinen Baum steigt, nicht herunter kann ohne meine Erlaubnis. Ich möchte den Buben nichts Böses tun, aber doch einen Schrecken vor dem Baum ihnen einjagen.«

Der Heilige lächelte und sprach: »Es ist dies zwar eine törichte, doch aber nicht unbescheidene Bitte. Sie sei dir gewährt!«

Damit verschwand er aus der Hütte.

Während nun Frau Marthe in heller Verwunderung über das Erlebte vergaß, dass sie kein Brot noch sonst etwas zu essen mehr hatte, wurde an die Hütte gepocht und sie abgerufen, um für den Bürgermeister einen Botengang in die Stadt zu machen, wie sie je und je schon getan hatte. An einem Stück Brot und Speck auf den Weg ließ die reiche Bürgermeisterin nicht fehlen. Es war ein wunderschöner Tag und der alten Marthe lachte das Herz vor Freude, als sie durch ihren lieben Wald dahinschritt, wo der Schnee auf den Bäumen und in den Sonnenstrahlen glitzerte, je und je ein warmer Windstoß sie schüttelte, die ganze Schneelandschaft zu Boden prasselte und die grünen Tannenzweige sich wie erleichtert in die Luft hoben.

Frau Marthes Hoffen hatte sie nicht betrogen; mit diesem Tag war der Frühling eingekehrt und die Not hatte ein Ende.

Tag für Tag suchte nun Marthe wieder die jung sprossenden Kräuter im Wald und trug sie alle Woche zur Stadt. Darüber verflossen der schöne Frühling und der heiße Sommer; es nahte der Herbst und reifte die Birnen.

Als nun die bösen Dorfbuben Mutter Marthe gleichwohl Tag für Tag den Karo mit sich nehmen sahen, statt dass sie ihn, wie sonst, zur Bewachung des Baumes zurückließ, da gelüstete sie wieder nach den Birnen, und sie stiegen hinauf, um ihre Taschen zu füllen. Als sie aber wieder herabklettern wollten, ging's nicht; sie saßen fest und konnten nicht loskommen. So saßen sie noch, als spät abends Marthe heimkam, die sie gebührend ausschalt, auch zur Strafe über die Nacht auf dem Baum sitzen ließ und erst, als der helle Tag angebrochen war, wieder befreite. Karo jagte den eilend Entlaufenden bellend bis zum Dorf nach und zerrte sie an Wämsern und Hosen, doch ohne sie ernstlich zu beißen.

Von da an war in Dorf und Umgegend eine große Scheu vor dem verwunschenen Baum, wie er genannt wurde; auch Marthes Hütte wurde mehr als zuvor gemieden, doch kümmerte sie dies wenig, da sie die Einsamkeit liebte und keiner Hilfe bedurfte.

Jahr für Jahr ging wieder vorüber; wieder kam der Herbst. Mutter Marthe saß nun eines Abends in der Sonne, sich zu wärmen, während sie ihre frisch gesammelten Kräuter verlas; zu ihren Füßen lag Karo und dehnte sich in den warmen Sonnenstrahlen. Sie überlegte, dass sie morgen den Rest der Birnen vom Baum tun müsse, bevor der erste Frost ihnen Schaden bringe, als sie, da eben der letzte Sonnenstrahl erlosch, hinter sich dreimal eine Stimme rufen hörte: »Marthe, Marthe, Marthe!«

So hohl und schaurig klang die Stimme, dass Marthe das Mark in den Beinen gerann und sie an allen Gliedern zitterte. Karo aber heulte so kläglich, als stünde ein großes Unglück bevor. Als Marthe sich nun scheu umschaute, erblickte sie auf der Schwelle ihrer Hütte eine männliche Gestalt, lang und hager, mit gelbem, hohläugigen Gesicht und kahlem Kopf, auf der Schulter eine lange Sense tragend.

Marthe erschrak aufs Neue und fragte zitternd: »Was wollt Ihr, Fremdling, und was tut Ihr mit dieser Sense?«

»Ich verrichte mein Geschäft damit«, sprach er mit derselben hohlen Stimme, wie zuvor; »ich bin des Todesengels Bote für die Stadt und Umgegend hier. Mein Herr hat auf der weiten Erde gar viel zu tun, darum schickt er seine Knechte aus, ihm zu helfen. Frau Marthe, deine Stunde ist gekommen, du musst mir folgen!«

»Jetzt schon?«, seufzte sie bang.

»Schon, sagst du? Du solltest mir danken; du bist ja so arm, so alt und gebrechlich.«

»Arm?«, versetzte Mutter Marthe fast beleidigt, »ich besitze dies behagliche Stübchen und meinen prächtigen Birnbaum, was sollte mir da abgehen? Und alt? Werde ich auf nächst Lichtmess doch erst achtzig Jahre; was die Gebrechlichkeit anlangt, Waldluft kräftigt, ich stehe so aufrecht da, als Ihr - nichts für ungut!«

»Aber verlangt dich denn gar nicht zu den Deinen zu kommen, die nun schon so lange auf dich warten?«, fragte der Todesbote wieder.

Mutter Marthe dachte an die längst vergangenen Zeiten zurück, und ein Verlangen nach den längst Geschiedenen überkam sie. Unschlüssig schaute sie zu dem Boten auf; aber im Anblick der schaurigen Gestalt überkam sie neues Grauen. Sie gedachte daran, wie ihre kleinen Kinder im Todeskampf gestöhnt und gewimmert hatten, bis endlich die Äuglein brachen; wie ihr junger Mann - er war Zimmermann gewesen und vom Dachstuhl eines neuen Hauses gestürzt - in Todesqualen gelitten hatte, bis endlich der letzte

Atemzug sich aus der gequälten Brust ausrang. »Nein, Sterben ist schrecklich«, dachte sie bei sich, »und ich bin erst achtzig Jahre alt. - Was sollte aus dem armen Karo werden?«, sprach sie laut, »niemand wird sich seiner erbarmen; was wird er anfangen ohne mich?«

»Karo wird nicht lange ohne dich bleiben; ihn wird das Heimweh töten«, war die Antwort.

»So lasst mir wenigstens noch einige Minuten Zeit, mich sauber herzurichten fürs Sterben; ich habe niemand im Dorf, der mir die letzte Ehre erweisen würde.«

Der Todesbote gestattete dies.

Mutter Marthe öffnete nun die alte Truhe und nahm ein abgetragenes Gewand hervor, vor sechzig Jahren war's ihr Hochzeitskleid gewesen, seitdem hatte sie es nur an hohen Festtagen getragen. Nun war's verblichen, dennoch aber ohne Flecken und Risse. Auch ein weißes Spitzenhalstuch und ein Kränzlein von Flittergold lagen dabei. Indem sie alles bereit legte und der verflossenen Zeit dachte, fiel ihr Blick auf den Birnbaum, und mit der noch glimmenden Lebenslust erwachte ein plötzlicher Gedanke in ihr.

»Während ich mich umkleide, könnt Ihr mir noch einen kleinen Dienst erweisen?«, sprach sie zu dem Todesboten. »Mir sind vor Schreck Mund und Kehle vertrocknet, wollt Ihr mir nicht zur letzten Erquickung ein paar saftige Birnen von dem schönen Baum da, der mein war, herabholen?«

»Es sei«, sprach der Bote gefällig und stieg auf den Baum. Nachdem er einige Birnen gebrochen hatte und

Frau Marthe bereit glaubte, wollte er wieder herabsteigen, doch zu seiner großen Überraschung war's ihm nicht möglich. »He, Frau Marthe!«, rief er, »helft mir herabsteigen, ich glaube, der Baum ist verwunschen!«

Marthe trat unter ihre Tür und sah, wie er mit seinen hageren Armen und Beinen die größten Anstrengungen machte, loszukommen; doch die Zweige des Baumes schlangen sich um ihn und hielten ihn immer wieder fest. Er wollte mit seiner Sense die Äste abhauen, aber sie griff nicht ein.

»Bleib' nur droben, Alter!«, rief Mutter Marthe frohlockend. »Du bist wohl aufgehoben; bis meine Zeit um ist und ich meiner Großmutter Alter habe, begehre ich, meine Hütte und den schönen Wald nicht zu verlassen. Du weißt nicht, wie schön Gott, unser Herr, die Erde geschaffen hat!«

»Aber wie soll's unter den Menschen hier herum werden, wenn meine Sense so lange ruht?«, rief der Todesbote verzweifelnd.

»Das ist's gerade, was ich will«, erwiderte Marthe. »Du sollst nicht mehr den weinenden Müttern ihre zarten Kinder aus den Armen reißen, wie du die meinen mir weggeholt hast; sollst nicht mehr die Weiber zu Witwen machen, wie mich, und die Kinder zu Waisen! Ich bin damit nun die Wohltäterin der ganzen Umgegend geworden - aber ich sag's niemandem, wie es zuging, bei Leibe nicht! Sonst würde des Geläufes hier kein Ende, und die Leute würden mich zur Heiligen ausrufen und mir keine Stunde Ruhe mehr lassen mit ihren Lobpreisungen.«

Mit diesen Worten ging sie in ihre Hütte zurück. Der Bote des Todes aber in den Zweigen des Baumes schloss, um sich die Zeit zu kürzen, die Augen zu einem jahrelangen Schlaf.

Abermals kam der Winter, wo stets die Krankheiten sich mehrten, die Ärzte und die Totengräber viel zu tun hatten. Auch diesmal blieb die Gegend nicht davon verschont, doch niemand starb; die Kranken standen, wenn auch abgezehrt, endlich wieder vom Lager auf. Die Doktoren schoben dies natürlich auf ihre Kunst; besonders der berühmte Arzt, für den Mutter Marthe ihre Kräuter sammelte, schritt stolzer als je einher. Sein Ruhm breitete sich bis in die Ferne aus, und viele Kranke reisten herzu, um sich von ihm kurieren zu lassen, starben aber dann gewöhnlich, wenn sie wieder in ihre Heimat zurückgekehrt waren.

Mutter Marthe hatte ihm jetzt doppelt so viel Kräuter zu liefern, die er auch besser als sonst bezahlte. Sie wusste, wie die Sache stand und lachte heimlich über des Doktors Hochmut, aber sie hütete sich wohl, ihr Geheimnis zu verraten. Dagegen freute sie sich im stillen, dass sie die Wohltäterin so vieler Menschen geworden sei. Jahr um Jahr ging wieder dahin, und der Bote des Todes schlief noch immer in den Zweigen des Baumes. Zuweilen aber, wenn Mutter Marthe ins Dorf kam, sowie auf ihren Gängen in die Stadt fiel ihr allmählich manches auf, was ihr zu denken gab. Einstmals kam sie an einem schönen Haus vorüber;

davor saß in der von Rebenlaub umzogenen Halle eine schöne junge Frau, die bitterlich weinte. Auf dem Schoß hielt sie ein abgezehrtes Kind, das kläglich wimmerte. »Ach, dass dich der Todesengel heimholte, mein Liebling, dass ich dich nicht mehr leiden sehen müsste!«, seufzte sie. Mutter Marthe hörte die Worte und stand betroffen still.

»Was fehlt dem Kind?«, fragte sie.

»Es ist an den Blattern erblindet«, seufzte die junge Mutter, »und hat Geschwüre an allen Gliedern bekommen, so dass es ohne Schmerzen sich nicht rühren kann. Die Ärzte können nicht helfen, und doch will der Tod das arme Kind nicht erlösen.«

Da ging Frau Marthe schnell vorüber, und für den ganzen Tag wurde sie nicht mehr froh; auch konnte sie nachts keinen Schlaf finden, denn immer hörte sie das klägliche Wimmern des abgezehrten Kindes.

Ein andermal hörte sie am Weg eine zitternde Stimme stöhnen: »Ach, dass der Tod käme, mich zu erlösen!« Sie schaute sich um und sah einen Greis von jämmerlicher Gestalt am Weg sitzen, auf seinen Stab gelehnt.

»Warum wünschet Ihr Euch den Tod?«, fragte sie stillstehend.

»Ach«, seufzte der Greis, »alle, die ich geliebt habe, sind längst gestorben; ich bin allein unter Fremden und ihnen zur Last. Arbeiten kann ich nichts mehr und muss mein Brot erbärmlich vor fremden Türen erbetteln. Ich leide von Kälte und Hunger und kann nicht sterben - oh weh, oh weh!«

Da eilte Frau Marthe hinweg, aber den ganzen Tag über war ihr schwer zu Mute, und nachts hörte sie immer die Stimme des Greises: »Ich darf nicht sterben! Oh weh, oh weh!«

Dennoch zögerte sie noch, den Boten des Todes aus seinem Bann zu erlösen, denn sie dachte: »Das sind nur wenige, die anderen freuen sich des Lebens.«

Solches begegnete ihr noch manches mal, dass sie oft lange nicht mehr froh werden konnte. Endlich, als sie eines Tages Kräuter sammelte, hörte sie einen schweren Fall, dann wehklagende Stimmen. Sie wusste, dass Holzbauern in der Nähe arbeiteten, und ging durchs Dickicht auf die Stelle zu. Da sah sie einen Mann im Blut liegen, den eine stürzende Tanne erschlagen hatte. Er litt schrecklich, zuckte und lebte noch. Seine Kameraden jammerten: »Ach dass doch der Tod ihn erlöste!«

Da musste Marthe ihres Mannes gedenken, wie er nach seinem Sturz in Schmerzen gelegen war, bis der Tod sie endete, und sie konnte nicht mehr zögern. Sie eilte, so rasch ihre alten Beine sie trugen, zu ihrer Hütte zurück und rief den Todesboten herab. Der erwachte aus seinem zehnjährigen Schlummer und fragte, indem er vom Baum herabeilte: »So, bist du endlich des Lebens müde geworden und willst heimgehen zu den Deinigen? Mache dich schnell bereit, ich kann nicht lange zuwarten, denn ich habe viel Arbeit nachzuholen!«

»So haltet Euch nicht mit mir auf!«, antwortete Mutter Marthe rasch; »ich bin erst neunzig geworden und meine Füße tragen mich schon noch in den Wald. Meine Großmutter wurde hundertundzwanzig, und bis dahin möchte ich auch zuwarten.«

Schon war der Bote weitergeeilt, um zuerst den Gestürzten im Wald, dann in Dorf und Stadt einen um den anderen heimzuholen. Frau Marthe aber schaute ihm erleichtert nach und dachte: »Haben die Meinigen so lange schon auf mich gewartet, so warten sie auch noch eine Weile zu. Ich kann jetzt ruhiger wieder in den Wald und in die Stadt gehen, da ich die Leute nicht mehr nach dem Tod seufzen höre.«

So rüstig wie ehemals aber konnte sie jetzt nicht mehr gehen, auch wurde ihr von Jahr zu Jahr das Bücken nach den Kräutern saurer und der gekrümmte Rücken vermochte den Korb nicht mehr zu tragen. Überdies war der berühmte Doktor gestorben, und die jungen Ärzte achteten ihre Kräuter gering, da neue Heilmittel aufgekommen waren. Auch im Dorf waren rasch hinter einander all ihre Bekannten gestorben; zuerst der Bürgermeister, für den sie sonst Boten gegangen war, und seine Frau, die, seit Jahren hinsiechend, oft nach dem Tod geseufzt hatte.

Endlich konnte Mutter Marthe nicht mehr zum Wald gehen; sie verdiente sich ihr Brot nur noch kümmerlich mit Spinnen. Als sie nun Tag für Tag im Stübchen saß und zu ihren Füßen Karo lag, der sich kaum noch ein paar Schritte weit schleppen konnte und oft wehmütig zu ihr aufblickte, da erwachte stärker und stärker in Marthes Herzen die Sehnsucht nach ihren Vorangegangenen, die sie so lange unterdrückt hatte. »Ach, dass der Todesbote käme und mich heimholte!«, seufzte sie oft, »ich begehre nicht mehr, hundertundzwanzig Jahre zu werden, wie meine Großmutter.«

Da aber der Todesbote zuvor gründlich mit den Schwachen und Alten aufgeräumt hatte, kam er lange nicht wieder in das Dorf und hörte Marthes Seufzen nicht.

Eines Tages aber, als sie gerade hundert Jahre alt war, saß sie müde unter dem blühenden Birnbaum und schaute mit halberblindeten Augen nach der untergehenden Sonne. Da warf eine wohlbekannte Gestalt mit einer Sense einen dunklen Schatten über den Weg. Frau Marthe erkannte den Vorübereilenden, aber sie erschrak nicht mehr, sonder rief flehend: »O barmherziger Engelsbote, hol' mich heim!«

»Bist du endlich bereit?«, fragte der Todesbote, sich umschauend, »gut, gedulde dich eine Weile, ich gehe, ein krankes Kind im Dorf heimzuholen und will dich auf dem Rückweg mitnehmen.«

Mühsam erhob sich Mutter Marthe, um in ihr Stübchen zurückzukehren und sich bereit zu machen.

Als am anderen Tag eine Bauernfrau vom Dorf zur Hütte kam, um der alten Marthe einen Bund Wolle zum Spinnen zu bringen, lag die Greisin friedlich entschlafen im verblichenen Hochzeitsgewand auf ihrem Schaffell, die Hände gefaltet, die Augen geschlossen, und im spärlichen weißen Haar das Krönlein von Flittergold.

Vor der Bettstatt lag auch Karo tot.

Kaspars Wanderschaft.

Es war einmal ein Knabe, der hieß Kaspar. Seine Eltern waren gestorben, darum wurde er von seiner Großmutter erzogen; die war eine herzensgute Frau und liebte ihren Enkel über alles. Da sie aber weder Kraft noch Lust hatte, den wilden Knaben zu bändigen, und deshalb seinen Fehlern gar oft nachsah, so wuchsen diese immer mehr. Wenn die Großmutter, die sich immer hart mit Arbeit plagen musste, ihm einen Auftrag gab, so rührte er sich nicht oder lief fort, um mit Gassenjungen zu spielen, und obwohl sie ihm täglich anbefahl, seine Kleider zu schonen und sich reinlich zu halten, so beachtete er dies doch wenig, lief morgens ungewaschen und ungekämmt hinweg und kam mit beschmutzten und zerrissenen Kleidern wieder nach Hause; deshalb wurde er in der ganzen Nachbarschaft nur der schmutzige Kaspar genannt.

Wie er nun ein fühlloser Bube war, der seiner guten Großmutter eitel Herzeleid machte, so zeigte er sich auch im Umgang mit anderen Kindern. Wo er ein kleineres und schwächeres Kind sah, da plagte und neckte er es; hauptsächlich aber ergötzte er sich daran, Tiere zu quälen. Wo er eines Käfers oder einer Fliege habhaft werden konnte, riss er ihnen Flügel und Beine aus und lachte über das Zappeln und Summen der gequälten Geschöpfe. Auch Vogelnester verstand er aufzuspüren, nahm die armen, halbnackten Jungen ungerührt von dem kläglichen Schreien der Alten weg und schleppte sie mit sich umher, bis sie vor Angst und

Hunger umgekommen waren. Seine Kameraden hießen ihn deshalb nur den bösen Kaspar.

Als er zur Schule kam, gingen seine Fehler freilich nicht so ungestraft hin, wie bei der Großmutter. Da er nicht lernen mochte, saß er fast immer auf dem letzten Platz und bekam überdies häufige Strafen; in der Schule hieß er deshalb der faule Kaspar.

Nun war wieder einmal ein Feiertag gewesen; Kaspar aber hatte sich den ganzen Tag mit wilden Gassenjungen umhergetrieben und darüber seine Schulaufgaben gänzlich versäumt. Als er in der Frühe des folgenden Tages in die Schule gehen sollte, wusste er, dass eine Strafe seiner wartete. Darum lief er statt in die Schule zum Städtchen hinaus, warf seinen Schulsack unter einem Baum ab und folgte dem nächsten besten Weg, der durchs Feld hinführte, ohne daran zu denken, welche Sorge er durch seine heimliche Entfernung seiner alten Großmutter mache.

»So gut wie daheim krieg ich's immer noch«, meinte er in seinem Unverstand, weil die arme alte Frau nur einfache und oft schmale Kost auf den Tisch bringen konnte.

Über eine Stunde war er durch Feld und Wiesen gelaufen, da fing die Sonne an, heiß zu brennen, denn es war im Hochsommer. Am Rand des Feldes lief ein schattiger Wald hin, zu dem ein schmaler Fußweg führte. Kaspar schlug diesen ein und im kühlen frischen Wald gefiel's ihm erst so gut, dass er an eine Rückkehr gar nicht mehr denken mochte. Er pflückte sich während des Gehens schmackhafte Waldbeeren, trieb auch allerlei Mutwillen, zerstörte mit einem Stock jeden Ameisenhaufen, an dem er vorüberkam, und freute sich an dem bestürzten Laufen und Rennen der Tierchen, schlug den Blumen, die am Weg blühten, die schönen Köpflein ab und zertrat fühllos jeden Käfer, jedes Würmchen, jede Schnecke, die mit ihrem Haus dahinkroch. Endlich war er doch müde geworden und legte sich unter einer schattigen Eiche nieder, deren moosbewachsene Wurzeln ein gutes Lager abgaben. Dort aß er den Rest seiner Beeren zu dem Brot, das ihm die gute Großmutter mit in die Schule gegeben hatte.

Nachdem er geruht und sich gesättigt hatte, war er wieder recht übermütig geworden. In den Zweigen der Eiche sah er ein Eichhorn mit seinen Jungen auf- und abklettern, gleich griff er nach Steinen, die umherlagen und belustigte sich böserweise damit, nach den munteren Tierchen zu werfen, bis einer der Steine das kleinste der Jungen traf und am Fuß verwundete. Schnell schleppten die Alten dasselbe in die Höhlung des Baumes, die ihre Wohnung war; auch die anderen Jungen zogen sich mit ihnen zurück, und keines der Tierchen kam mehr zum Vorschein.

Da sich der böse Kaspar nun langweilte, ließ er seine Blicke umherlaufen, um einen anderen Gegenstand für seinen Mutwillen zu finden. Da wurde er unweit der Eiche einen Felsen gewahr, auf den das Nest eines Raubvogels gebaut war; er versuchte, auch danach zu werfen, doch es war ihm zu hoch gelegen, sein Wurf gelang ihm nur halb so weit. Die jungen Raubvögel aber streckten die Köpfe aus dem Nest und schrien ihm zu, und es klang gerade, als ob sie ihn ausspotteten. Das machte ihn immer erbitterter. Er maß den Felsen mit den Augen, ob's ihm nicht möglich wäre, zum Nest emporzuklettern, und es schien ihm dies nicht unausführbar, da der Baum mit seiner astreichen Krone nahe stand, wo er sich von Zweig zu Zweig fortschwingen konnte. Da er aber von der Hitze des Tages und vom langen Umherlaufen doch noch ermüdet war, beschloss er, erst zu schlafen, ehe er das Wagnis unternähme.

Während er dies bei sich überlegte, klang ihm das Rufen der jungen Raubvögel immer deutlicher im Ohr:

Bösewicht!
Triffst uns nicht!

Da rief er ganz ergrimmt empor: »Wartet nur, wenn ich geschlafen habe, will ich euch schon bekommen, dann soll euch das Spotten vergehen!«. Damit ließ er die Augen zufallen und schlief wieder ein.

Eine gute Stunde mochte er geschlafen haben; es schlummerte sich so angenehm, während alles ringsum still war und nur die Baumzweige flüsterten. Da erschien es ihm, als ob er mit einem mal vom Boden aufgehoben und in der Luft emporgetragen werde. Er hielt es aber für einen Traum und wollte sich dadurch im Schlaf nicht stören lassen, als ihn ein plötzlicher Fall, den er tat, aufweckte. Wie erschrak er, als er aufblickte und sich nicht mehr auf der Erde, sondern hoch oben auf der Spitze des Felsen liegen sah, und zwar im Nest der Raubvögel, das von unten nur wie ein mäßiger Korb geschienen hatte und nun so groß war, wie das Stüblein seiner Großmutter. Auch die jungen Raubvögel, die schreiend um ihn herflatterten, waren kaum kleiner als er selbst; der alte Raubvogel aber, der mit ausgebreiteten Schwingen hoch über dem Nest schwebte, in das er den Knaben aus den Lüften herabgeworfen hatte, mochte eines großen Mannes Länge haben.

Kaspar blickte voll Entsetzen hinab auf die Erde, die so tief unter ihm lag. Der Felsen war höher als er gedacht hatte und keine Möglichkeit für ihn, von da zu entkommen.

Jetzt hörte er den Vogel über sich rufen, und seine Stimme klang so durchdringend wie das scharfe Brausen des Sturmes, wenn er durch die Baumwipfel fährt, dass der Knabe davor erzitterte:

> Plaget ihn,
> Schlaget ihn!
> Auf ihn immerzu,
> Gebt ihm keine Ruh!

Da drangen die jungen Raubvögel auf ihn ein; der eine zauste ihn in den Haaren, der andere hackte mit dem Schnabel nach seinen Händen, der dritte schlug ihn mit den Flügeln ins Gesicht. Wenn Kaspar vor Schmerz aufschrie, da klang das Schreien der jungen Vögel wie Gelächter und er hörte endlich die Worte:

Rüttelt ihn,
Schüttelt ihn!
Hat geplagt so manches Tier,
Ist zur Plage nun auch hier.

Da dachte Kaspar daran, wie es den armen Tierchen nicht weniger weh getan haben möge, denen er Flügel und Beine ausgerissen hatte und wie er so oft einen Käfer an einen Faden geknüpft und ihn in der Luft hatte baumeln lassen.

Endlich kam die Nacht, die jungen Raubvögel waren ihres Spieles müde und duckten sich in das Nest nieder. Auch der Knabe, ganz erschöpft von Angst und Schmerz, wollte sich beiseite niederlegen; da rauschte es in der Luft, und es kamen die beiden Alten angeflogen und setzten sich mit ausgebreiteten Schwingen auf die Jungen nieder, um ihnen Wärme und Schutz vor Regen und Sturm zu geben. Kaspar empfand große Angst vor den mächtigen Fängen und scharfen Schnäbeln der riesig großen Raubvögel und schmiegte sich an dem äußersten Rand des Nestes nieder, das von Baumästen gefertigt, aber innen, wo die Jungen saßen, gar weich mit Laub, Moos und Lämmerwolle ausgepolstert war. Die Angst ließ den Knaben auf seinem harten Lager nicht schlummern; so oft er aufblickte, sah er die feurigen Augen eines der großen Vögel auf sich gerichtet, daher wagte er kaum, sich zu rühren, aus Furcht, die Vögel möchten es wahrnehmen und mit dem Schnabel nach ihm hacken.

Als endlich der Tag wieder anbrach und die alten Vögel aufflogen und in den blauen Lüften verschwanden, fühlte er sich erleichtert, obwohl nun die Jungen wieder erwacht waren und ihn zu plagen anfingen. Diese betrachteten ihn offenbar als ihr Spielzeug, denn wenn das eine müde war, ihn zu zausen und zu necken, so fing das andere an.

Das ging nun Tag für Tag so hin, und je stärker die jungen Vögel wurden, desto mutwilliger quälten sie den Knaben. Immer öfter machten sie Versuche, sich aufzuschwingen, indem sie den Gefangenen in den Fängen festhielten, und jedes Mal sah Kaspar dann mit neuem Schauder die schreckliche Tiefe unter sich und fürchtete, dass sie ihn loslassen und er hinabstürzen möchte.

Bei alledem quälte ihn auch der Hunger. Die jungen Raubvögel nährten sich von rohem blutigen Fleisch, Hasen und Lämmern, welche die alten zutrugen, und welche im Nest liegenblieben, bis sie halb verwest waren. Kaspar wollte, vom Hunger gezwungen, auch zugreifen, aber er konnte die ekelhafte Speise nicht hinabbringen und würde elend verhungert sein, wenn nicht das gute Eichhorn, das daneben im Baum wohnte, sich seiner erbarmt hätte. Indem es in den Zweigen auf und ab hüpfte, nahm es manches wahr, was im Nest vorging, und obwohl es von dem Knaben beleidigt worden war, empfand es doch Mitleid mit ihm und warf ihm Nüsse, Buchbeeren und Wurzeln zu, mit denen Kaspar sich kärglich ernährte.

So gingen allmählich drei Monate vorüber, der Sommer war zu Ende und der Herbst herbeigekommen; die Nächte wurden kalt, so dass der Knabe vor Frost oft ganz erstarrt war. Auch bei Tag kam die liebe warme Sonne oft nicht zum Vorschein, und statt ihrer stürzten kalte Regengüsse nieder und ein scharfer Wind sauste durch den Wald, schüttelte das welke Laub von den Bäumen und riss mit seiner Wucht sogar ganze Bäume aus. Kaspar fror beständig in seinen vielfach zerrissenen Kleidern und dachte mit Schauder daran, dass er vor Frost umkommen müsse, wenn der Winter mit Schnee und Eis komme. Aber er erinnerte sich auch mit Reue, wie er so manches Vögelein lebendig gerupft und sich dann boshaft daran ergötzt hatte, wenn die armen nackten Geschöpfe so kläglich umherhüpften. Er empfand gar wohl, dass sein trauriger Zustand eine gerechte Strafe für all seine Bosheit sei.

Die jungen Vögel machten jetzt täglich mit den Alten Versuche zum Fliegen, aber sie entfernten sich nie so weit vom Nest, dass Kaspar einen Fluchtversuch machen konnte; auch schien ihm ein solcher fast unmöglich; nicht nur dass der Felsen an Höhe über den ganzen Wald emporragte, das Nest war auch ringsumher bis zu Manneshöhe von Dornen und dürren Baumästen eingezäunt, über die er nicht hinwegsteigen konnte, ohne in die Tiefe zu stürzen und dabei viel zu fest verschlossen und zusammenkittet, als dass er sie mit seinen schwachen Knabenarmen hätte entfernen können.

Eines Morgens war die Sonne kaum aufgegangen, als ein Schwirren in der Luft den Knaben weckte, der auf seinem harten kalten Lager erst spät eingeschlafen war. Als er aufblickte, sah er die sämtlichen jungen Vögel mit ausgebreiteten Schwingen davonfliegen, zu beiden Seiten schützend die Alten; sie machten ihren ersten großen Ausflug in die Welt. Während Kaspar im Nest stand und ihnen erstaunt nachblickte, hörte er von unten ein feines Stimmchen:

> Sei bereit,
> Es ist Zeit!

Er schaute sich um, da sah er eine ganze Herde von Eichhörnchen den Felsen hinaufklettern, die warfen sich auf die Umzäunung und zernagten mit ihren scharfen Zähnchen die Dornen und Äste. Das Eichhorn im Baum unten hatte den Knaben zu retten beschlossen und daher alle seine Bekannten im Wald zusammengerufen. Sogar das Junge, das Kaspar mit seinem Steinwurf verwundet hatte und das wieder genesen war, war mitgekommen und half emsig zu dem Werk. Als der Tag erst halb verflossen war, hatten die emsigen Tierchen eine Lücke in die Umzäunung gebrochen, groß genug, dass Kaspar hindurchschlüpfen konnte.

Um nur zu entkommen, überwand Kaspar Schwindel und Grauen vor der Tiefe, die unter ihm lag, und schickte sich an, hinabzuklettern; das Eichhorn aber bot ihm den nächsten Zweig dar, an den klammerte er sich fest, glitt aus dem Nest und schwang sich hinüber auf die Eiche. Vorsichtig rutschte er von Ast zu Ast, und wo kein Zweig so nahe stand, dass er danach greifen konnte, da bog das Eichhorn einen solchen zu ihm herüber, damit er sich daran halten könne.

So ging es immer leichter abwärts, und bald stand er unten auf der Stelle, auf der er geschlafen hatte. Er rief dem guttätigen Eichhorn noch seinen Dank zu; das antwortete mit feiner Stimme:

> Fliehe weit,
> Tu von heut
> Keinem armen Tier ein Leid!

Dann eilte das Tierchen wieder den Baum hinauf und half seinen Gefährten die Lücke im Nest auszufüllen, damit die Raubvögel bei ihrer Rückkehr nicht merkten, wer dem Knaben zur Flucht verholfen habe.

Kaspar aber war froh und überglücklich, als er wieder den festen Boden unter den Füßen fühlte und frei dahingehen konnte. Er achtete nicht Hunger und Müdigkeit, nicht auf die Dornen, die ihm die Kleider zerfetzten, sondern lief rasch vorwärts, um aus dem Bereich des Raubvogels zu kommen und wieder zu seiner Großmutter zu gelangen, nach der er sich so sehr sehnte. Aber er wusste den Weg zur Stadt nicht, und anstatt aus dem Wald zu kommen, verirrte er sich immer tiefer in demselben. Kaum nahm er sich Zeit, für seinen Hunger Haselnüsse zu pflücken, die noch da und dort an den Sträuchern hingen. So sehr er in Eile war, so nahm er sich doch sehr in acht, kein Tierlein zu beschädigen. Wo ein Wurm im Weg lag, eine Schnecke hinkroch, schritt er sorgfältig über sie hinweg, einen Käfer, der auf dem Rücken lag und zappelte, stellte er auf die Füße, ja er hütete sich, dass er nicht eine Blume am Wege zertrete, denn er wusste nicht, ob die Blume nicht auch Schmerz dabei empfinden würde.

Darüber war es später Abend geworden; ermüdet legte er sich unter eine Tanne nieder, um die Nacht über zu ruhen und am anderen Tag seinen Weg weiter fortzusetzen. Ihm gegenüber lag ein Ameisenhaufen von der größten Art, so groß, wie Kaspar solche noch nie gesehen hatte. Er dachte nicht mehr daran, die fleißigen Tierchen zu stören und ihren mühsam aufgerichteten Bau einzuwerfen. Aber mit Verwunderung schaute er, ehe er einschlief, dem regen Treiben der kleinen Tiere zu; er sah, wie sie noch am späten Abend so emsig hin und her liefen und Lasten schleppten, die weit größer waren als sie selbst. Der Zweck ihrer Arbeit war ihm nicht recht erklärlich, während er sie aber so betrachtete, hörte er viele ganz dünne, zarte Stimmchen:

> Fauler Knab',
> Komm herab!
> Viel zu tun, viel zu tun,
> Keine Zeit ist, schon zu ruhn!

Kaspar achtete nicht auf die dünnen Stimmlein und hielt, was er hörte, für Täuschung und für das Knistern der dünnen Tannennadeln am Boden. Bald schlief er ein. So sanft hatte er in langer Zeit nicht ruhen können; auch gaben die Bäume Schutz vor dem scharfen Wind, der auf der Spitze des Felsens gesaust hatte. Zwar erschien es ihm einmal, als werde er angefasst und auf der Erde fortgeschleppt, aber er hielt es für einen Traum und ließ sich dadurch nicht stören.

Da zwickte ihn etwas in den Arm, und ein schnarrendes Stimmchen rief ihm ins Ohr:

> Tag fängt an,
> Tag fängt an!
> Viel zu tun, viel zu tun,
> Keine Zeit ist mehr, zu ruhn!

Als Kaspar die Augen aufschlug, meinte er, noch zu träumen. Er lag in einem unterirdischen Gang, kaum so hoch, dass er aufrecht stehen konnte, und neben ihm standen gar wunderliche Geschöpfe, die erschienen ihm anfangs wie sehr große Ameisen; als er sie aber näher anblickte, waren es kleine Männlein mit sehr dünnen Armen und Beinen und mit braunem, ledernen Gewand, das eng anlag. Sie wiederholten ihre Worte, und Kaspar wagte nicht, sich zu widersetzen. Er ließ sich von ihnen in die Mitte nehmen, und eilig ging's den engen Gang entlang, bis sie in einen weiten, niedrigen Saal kamen. Dort stand das ganze Völkchen versammelt, und der König, der ganz wie die anderen gekleidet war und nur ein kleines, feuerfarbenes Krönlein auf dem Haupt trug, teilte jedem die Geschäfte des Tages aus. Da wurden einige auf die Jagd gesendet, andere sollten Gemüse und Baumfrüchte im Wald sammeln und wieder andere Brennholz herzutragen. Die geschicktesten Werkleute aber sandte der König ins Innere der unterirdischen Stadt ab, um einige Wohnungen neu aufzubauen, die vorigen Tages durch einen vorübergehenden Menschen mutwillig zerstört worden waren.

Den kleinen Erdweiblein, die ganz wie die Männlein gekleidet waren und nur kleine Schürzen und Schleier trugen, welche fast wie Flügel anzuschauen waren, gab der König auf, die Wickelkinder an die Luft zu tragen, denn es werde ein schöner und sonniger Herbsttag werden. Jedes, dem so seine Arbeit zugeteilt worden war, verbeugte sich zum Zeichen des Gehorsams und trat seinen Weg an. Am Eingang aber standen zwei Männlein bei einem Korb voll Buchbeeren, die reichten jedem Abgehenden eine Handvoll als Frühstück, das schob dieser in die braune Tasche seines Kleides und verzehrte es gelegentlich auf dem Weg und bei der Arbeit, denn das fleißige Völkchen nahm sich nicht Zeit, eigens niederzusitzen.

Als Kaspar von seinen Begleitern zum König geführt wurde, grüßte ihn dieser mit einem Kopfnicken und bedeutete ihm durch Zeichen, dass er den Werkleuten zu der Baustätte im Inneren folgen und da den Schutt wegführen solle; mit Worten war das ganze Volk äußerst sparsam und unterhielt sich fast nur durch

Zeichen. Kaspar verbeugte sich nach dem Beispiel der anderen und nahm an der Pforte eine Handvoll Buchbeeren in Empfang. Dann folgte er den Werkleuten zu der Baustätte tief innen in der Erde. Dort standen kleine Schubkarren, die musste er mit dem ausgegrabenen Schutt beladen, dann wurden sie von ab- und zugehenden Erdmännlein abgeholt und hinweggeführt und wieder leer zurückgebracht. Kaspar verwunderte sich über die Stärke der kleinen Geschöpfe, welche die schwerbeladenen Karren abführten, noch mehr aber über die Geschicklichkeit der Bauleute, welche kleine Hölzchen zu Säulen und Pfeilern zusammenhämmerten, sie dann aufrichteten und mit kunstreicher Wölbung überbauten. Freilich mussten sich seine Augen erst an das Halbdunkel gewöhnen, das in den unterirdischen Räumen herrschte, denn nur durch klein Öffnungen, die in der Decke angebracht waren, strömte Luft und einiges schwache Licht zu. Allmählich schärften sich seine Augen wie die der kleinen Männlein.

Da sah er denn erst recht, wie überaus niedlich die kleine unterirdische Stadt gebaut war. Zwar fehlte alle Farbenpracht, die schönsten Säle waren ebenso einförmig braun wie die Vorratskammern und die Gänge; dagegen aber waren die Wohnungen, die Eingangspforten und die kleinen, gegen oben angebrachten Fensteröffnungen mit kunstreichem Schnitzwerk verziert.

Das nahm freilich Kaspar nicht alles am ersten Tag wahr, es ging vielmehr geraume Zeit hin, bis er nach und nach die ganze kleine Stadt gesehen hatte, denn zum müßigen Umhergehen ließen ihm die Erdmännlein keine Zeit. Ja, wenn er nur einen Augenblick von der beschwerlichen Arbeit rasten und Atem schöpfen wollte, so zwickte ihn eines der Männlein in den Arm, und er vernahm ein schnarrendes Stimmlein:

> Viel zu tun, viel zu tun,
> Keine Zeit ist, jetzt zu ruhn!

Nur mittags wurde einige Rast gegönnt, dann saßen die kleinen Arbeiter im Kreis umher, und die Köche trugen das Mittagsmahl auf, Braten, aus Feldmäusen bereitet, den aber Kaspar, der das nicht wusste, für Hasenbraten aß, da er ebenso schmeckte; dazu bekam jeder Arbeiter ein Stück Brot aus Eichelmehl gebacken, das war etwas bitter, aber es schmeckte dem Knaben doch gut, nachdem er sich hungrig gearbeitet hatte.

Abend erhielt er wieder eine Handvoll Bucheln, dann kamen Fackelträger, wie große Glühwürmer anzuschauen, und es wurde bis tief in die Nacht fortgearbeitet. Zuletzt verabschiedeten sich die Männlein durch Kopfnicken von einander; zwei aber nahmen Kaspar in die Mitte und führten ihn zu seinem Lager; das war neben dem ihrigen aus frischen Tannennadeln bereitet. Dem müden Knaben dünkte es jetzt köstlicher, als das weichste Bett, und er schlief sogleich ein. Aber kaum ein paar Stunden glaubte er, geruht zu haben, da zwickten ihn schon die Männlein wach, und die schnarrenden Stimmlein tönten in sein Ohr:

Tag fängt an,
Frisch daran,
Viel zu tun, viel zu tun,
Keine Zeit ist mehr, zu ruhn!

Wollte er dennoch liegen bleiben, so war schnell eine ganze Schar um sein Lager versammelt und zwickte ihn in Arme und Beine mit den spitzen knöchernen Fingerchen und scharfen Nägeln, die ganz und gar den kleinen Fühlhörnerzangen der Ameisen gleichen. Da erhob er sich denn sogleich und folgte den Männlein zu dem Saal, wo das Volk versammelt war und der König die Arbeit des Tages austeilte. Kaspar musste immer im Inneren der Stadt Arbeit tun, damit er keine Gelegenheit zur Flucht bekomme; da viele gewundene Treppen und Gänge nach allen Seiten hinführten, hätte er die Ausgangspforte auch schwer finden können. Unterdies standen dort allezeit Wachen, die waren mit spitzen Speeren bewaffnet, auch trug jedes der übrigen Männlein einen kleinen spitzen Dolch in der Brusttasche seines Lederwamses, vor dem sich Kaspar gar sehr fürchtete, denn damit hätten die Männlein ihn schmerzlich verwunden, ja wohl gar töten können.

Übrigens waren sie, wenn man sie nicht beleidigte, friedlicher Natur und quälten den Knaben nicht; vielmehr ging jedes eifrig seiner Arbeit nach, und

Kaspar gewöhnte sich allmählich, dasselbe zu tun. Aber gar traurig war ihm bei dem unterirdischen Schweigen und dem steten Halbdunkel zu Mute; er hätte so gerne wieder den blauen Himmel, die grünen Bäume und die Blumen schauen mögen, und noch größer war die Sehnsucht, seine Großmutter wieder zu sehen, zu sprechen, Menschenstimmen zu hören und mit Menschen zu verkehren. Die Erdmännlein verrichteten ihre Arbeit stets schweigend, und wenn Kaspar sie anreden wollte, schüttelten sie missbilligend den Kopf und schnarrten höchstens:

> Zeit gebricht, Zeit gebricht,
> Emsig sei und plaudre nicht!

Wenn nun Kaspar durch die kleinen Luftlöcher zuweilen einen schwachen Blick zum Himmel gewann, so sah er Schneeflocken und fühlte den eisigen Lufthauch; er erkannte, dass draußen Winter sei und dass er, wenn es ihm auch gelänge, zu entfliehen, doch im Wald elend erfrieren und umkommen müsste, ehe er den Weg zur Stadt fände. So musste er noch froh sein, dass er an sicherem Ort geborgen war, denn es war in der kleinen unterirdischen Stadt stets gar behaglich warm.

Eines der Glühwürmchen aber empfand Freundschaft für den Knaben, denn es war nicht so ernsten, verschlossenen Wesens wie die Erdmännlein, sondern frohsinniger Natur und zur Teilnahme geneigt. Das sah nun wohl, wie sich der gefangene Knabe härmte und nach der schönen Oberwelt, seiner Heimat, sehnte. Es beschloss auch bei sich, ihm zu helfen, sobald die günstige Zeit dazu kommen würde.

Da ging der Winter endlich vorüber, der milde Frühling brach ein und das kleine Volk strömte heraus, um neue Vorräte zu sammeln, die den Winter über knapp geworden waren. Auch wurden emsig alle Kammern und Säle gelüftet, alle Eingänge geöffnet, damit die herrliche Frühlingsluft in die unterirdische Stadt einströmen könne. Nur Kaspar durfte nicht mit hinausgehen, sondern musste die gesammelten Vorräte in den Vorratskammern aufbeugen, und doch war durch den, wenn auch schwachen Hauch der Frühlingsluft, welche er einatmete, seine Sehnsucht nach der Heimat gewachsen, so dass er bitterlich weinte.

Es waren nun gerade sechs Monate, seit er unter die Erde gebracht worden war, da summte ihm nachts ein feines Stimmlein ins Ohr:

Auf ist die Tür,
Folge mir!

Verwundert schaute Kaspar auf und erkannte den Glühwurm-Fackelträger, der winkte ihm zu und hatte sein Laternchen mit dem Mantel bedeckt, der wie ein Flügelpaar von seinen Schultern hing, damit seine Helle nicht die Erdmännlein weckte. Ganz geräuschlos raffte sich Kaspar auf; so leise auftretend, als er nur konnte, folgte er dem Glühwurm-Führer über die Treppen und

Gänge bis zum Ausgangstor, das auf Befehl des Königs offen geblieben war, damit die kühle Nachtluft in den dumpfig warmen Bau einströmte. Die Wachen aber waren wider eigenen Willen eingeschlafen, weil sie den Tag über allzu eifrig gearbeitet hatten. Kaspar schritt über sie hinweg, ohne dass sie erwachten, und stand zum ersten mal wieder unter freiem Himmel. Er rief dem Glühwürmchen noch seinen Dank zu, und aus der Erde tönte ihm das feine Stimmchen nach:

> Spät und früh,
> Dich immer müh,
> Glück erblüht dem Trägen nie!

Dann verschwand es in der Erde. Kaspar aber ging rüstig weiter und achtete nicht darauf, dass er sich im Dunkel an einen Baum stieß, bald über eine Baumwurzel stolperte. Allmählich dämmerte es zwischen den Bäumen; die Vöglein erwachten und begrüßten mit frohem Gezwitscher den Morgen, dann wurde es lichter Tag, und die Sonne warf ihre Strahlen durch die Baumzweige. Ach, wie wunderschön erschienen jetzt dem wandernden Knaben der lichte blaue Himmel, die grünen Bäume, die bunten Blumen und die goldglänzenden Sonnenstrahlen zu sein, die er nach langem Dunkel wieder sah! Wie heiter klang ihm der schallende Vogelgesang, das Murmeln der Quellen im Ohr nach der schweigenden Stille unter der Erde!

So viel er nun umherschaute, so hatte er dabei doch nicht nur sorgfältig acht, dass er keine Pflanze beschädigte, kein Tier zertrat, sondern er zeigte sich auch hilfreich, wo er konnte. Wo ein Wurm am Weg lag und leicht zertreten werden konnte, trug er ihn beiseite; wo ein Strauch seine Blütenzweige zu Boden neigte, gab er ihm eine Stütze, damit sie nicht brachen, denn er hatte sich bei den Erdmännlein daran gewöhnt, stets tätig zu sein und jedem Geschöpf Hilfe zu leisten.

Endlich gelangte er zum Ende des Waldes. Hier aber sah er nicht das freie Feld vor sich, jenseits dessen die Stadt lag, sondern er stand vor einem großen, stillen See, den umgab auf einer Seite der dichte Wald, auf der anderen aber ragten felsige Berge empor, hinter denen eben die Sonne unterging.

»Heute kann ich schon nicht mehr heimkommen, aber morgen will ich mich mit dem frühesten aufmachen und dem See entlanggehen«, sprach er bei sich und schaute sich nach einem Plätzchen um, wo er sich zum Schlafen niederlegen könnte. Da sah er auf einem kleinen Hügel hart am See einen wilden Rosenstrauch, der seine Zweige wie ein Dach ausbreitete, und rings um denselben war grüner, weicher Rasen; dort beschloss er, sich niederzulegen. Als er aber auf den Hügel kam, sah er, dass der Rosenstrauch vor Trockenheit seine Blätter und Knospen senkte und nahe daran war, zu verschmachten. Kaspar blickte sich nach einem Gefäß um, womit er Wasser herzutragen könnte. Da sah er am Rand des Sees mehrere Muscheln liegen; er wählte die zwei größten aus, füllte sie mit Wasser und trug sie den Hügel empor. Und so müde er auch schon war, so wiederholte er doch den Gang mehrere mal, bis die Erde rings um den Strauch angefeuchtet war. Da richtete dieser seine welken Zweige erfrischt auf und strömte einen kräftigen Duft aus. Kaspar aber legte sich auf den Rasen nieder und aß sein spärliches Abendbrot von jungen Wurzeln und Kräutern, die er unterwegs gesammelt hatte. Währenddessen ergötzte er sich am Anblick des Sees, der klar und blau wie der Himmel vor ihm lag. Da sah er drei Schwäne angeschwommen kommen, die in der Nähe des Ufers badeten. Er wunderte sich des Eifers, womit sie immer und immer wieder untertauchten, die Flügel schüttelten und zuletzt die Federn mit dem Schnabel glatt strichen. Dabei kam es ihm vor, als schauten sie aufmunternd zu ihm herüber und winkten ihm zu, ihrem Beispiel zu folgen. Dies wäre allerdings wohl am Platz gewesen, denn schon im Raubvogelnest war Kaspar überaus schmutzig geworden und auch bei den Erdmännlein war das Waschen nicht im Gebrauch, weil die braunen ledernen Kleidchen und die dunklen Gesichtchen es nicht nötig machten. Dem schmutzigen Kaspar aber fiel dies nicht auf und er hatte keinen Abscheu vor dem Unrat, der dick an ihm klebte. Nachdem er die schönen Tiere, ihr blendend weißes Gefieder, das nur am Kopf einen roten Streifen trug, bewundert hatte, schlief er ein, denn er hatte den versäumten Schlummer der vorigen Nacht noch nachzuholen.

Während des Schlafes dünkte es ihm, als werde er auf einen Nachen gehoben, der sanft mit ihm über das Wasser hinglitt; er hielt es aber für einen Traum und ließ sich dadurch nicht stören. Da plätscherte es neben ihm wie am Abend, als sich die Schwäne gebadet hatten, und ein Guss kalten Wassers spritzte ihm ins Gesicht. Indem er erwachte, hörte er eine glockenklare Stimme singen:

> Munter, munter,
> Taucht ihn unter,
> Blank und rein
> Soll er sein!

Als er die Augen aufschlug, sah er sich in einer hellen Stube; deren Wände waren große Spiegel und die Decke von hellem Kristall, durch das die Morgensonne blickte, der Boden aber war ein großes Wasserbecken, nur ringsum an den Spiegelwänden liefen Marmorplatten, auf denen man umhergehen konnte. Es war eine Badestube, so schön, wie sie kein König hat; mitten im Wasserbecken aber lag Kaspar, und um ihn her schwammen drei weiße Gestalten, die hielt Kaspar zuerst für Schwäne, aber bald sah er, dass es drei Jungfrauen in weißen wallenden Gewändern waren, mit Perlenschnüren um den Hals, mit langen goldglänzenden Haaren, die von einem Kranz aus Korallen umschlungen waren. Alle aber waren eifrig um den Knaben beschäftigt. Die eine strich mit der Bürste über seine Haare, die andere nahm ihm die Kleider ab und die dritte war mit Schwamm und Seife bereit ihn gründlich zu waschen. Aus den Spiegelwänden aber schaute Kaspar sein Bild entgegen und er sah jetzt erst mit Schrecken, wie schmutzig er war. Seine Kleider, schon im Vogelnest zerzaust, waren während der Arbeit unter der Erde zu hässlichen Lumpen geworden, denn sie waren nicht dauerhaft wie die Lederkleidchen der Erdmännlein, die nie zerrissen. Seine Haare waren dicht verfilzt und mit Staub und Schmutz vermengt, Gesicht und Hals, Hände und Füße waren von verhärtetem Schmutz ganz braun geworden, und dies sah umso hässlicher aus, je blanker und glänzender alles ringsum war und je reiner und schöner die Jungfrauen anzuschauen waren. Am liebsten hätte Kaspar entfliehen und sich vor den letzteren verbergen mögen, aber da war kein Ausweg. Beschämt schloss er daher die Augen und ließ geduldig geschehen, dass sie ihn reinigten. Das war aber kein leichtes Geschäft und für ihn selbst peinlich und schmerzhaft. Die Bürste riss die widerspenstigen Haare so gewaltsam auseinander, dass Kaspar hätte schreien mögen. Die Seife brannte scharf, und der Schwamm war rau und riss die Haut auf. Kaspar musste sich allen Zwang antun, um nicht vor Schmerz zu weinen. Er stöhnte nur zwischen den zusammengepressten Zähnen; das aber kümmerte die Seefräulein wenig, sie fuhren nur umso eifriger fort, ihn zu waschen und zu bürsten, bis er rein war; das brauchte aber Zeit vom Morgen bis zum Abend. Endlich sang die glockenklare Stimme wieder:

>Nun ist's gut,
>Junges Blut,
>Du bist rein,

Blank und fein!

Die andere strich mit der Hand über seine glattgebürsteten Haare, da wurden sie schön lockig; und die dritte legte ihm frische Kleider von weißgelblicher Leinwand an. Als er nun auf den Marmorplatten stand und sein Bild im Spiegel sah, konnte er kaum glauben, dass der schmucke Knabe mit weißen Händen, roten Wangen und glänzend braunen Haaren er selbst sein solle. Die Seefräulein aber führten ihn durch einen Gang entlang, der ganz mit Marmor gepflastert war, zu einem Zimmer, das hatte rings gläserne Wände, die blickten auf den See hinaus; da sah Kaspar, dass sie sich auf einer kleinen Insel inmitten des Sees befanden.

In der Mitte des Zimmers aber stand auf einem Marmortischchen das Abendessen von gebackenen Fischen; dort setzten sich die Seefräulein nieder und winkten dem Knaben, dass er unten am Tisch Platz nähme. Das tat er auch und ließ sich die Fische schmecken, die ihm viel köstlicher erschienen, als der Feldmaus-Hasenbraten, den er so lange jeden Tag bekommen hatte. Nach dem Abendessen aber wiesen ihm die Schwestern sein Bett an, das war von feinem Flaum und schneeweißem Linnen. Das Kämmerlein aber, darin es stand, hatte ebenfalls kristallene Wände, in denen sich der Mond spiegelte, so dass Kaspar, geblendet von all dem Glanz, die Augen schließen musste.

Er schlummerte ruhig und sanft, bis am Morgen ein Finger an die Kristallwand pochte und eine glockenreine Stimme sang:

> Hast geruht,
> In der Flut,
> Tauch dich unter,
> Munter, munter!

Und indem er die Augen aufschlug, sah er die Seefräulein sich baden. Während diese nun in dem See schwammen, schienen sie gleich Schwänen gestaltet, doch sobald sie die Insel betraten, hatten sie wieder menschliche Gestalt. Kaspar begriff, dass er sich auch baden solle, und obwohl ihm dies unnötig erschien, da er doch erst am vorigen Tag gründlich gebadet hatte, so wagte er doch nicht, ungehorsam zu sein, sondern stieg in den See hinab, der rings um die Insel her nur geringe Tiefe hatte, tauchte unter und übergoss sich den Kopf, ganz wie er es bei den Schwänen sah, dann kleidete er sich an, und da er gesehen hatte, wie die Schwäne ihre Federn glatt zupften, so erinnerte ihn dies daran, dass auch er die Haare bürsten müsse. Dazu lagen ein elfenbeinerner Kamm und eine Bürste, in glänzendes Perlmutt gefasst, bereit. Zuletzt kleidete er sich an und ging in das Zimmer, wo die Seefräulein schon versammelt waren und ein Frühstück von gebackenen Fischen auf dem Tisch stand.

Das ließ er sich wie am vorigen Tag wohl schmecken; und nach dem Frühstück hätte er gern den

Ort verlassen, um den Weg nach der Stadt weiter zu suchen. Als er dies jedoch den Seefräulein andeutete, schüttelten sie verneinend den Kopf und deuteten ihm an, dass er als ihr Knecht hierbleiben müsse. Sie wiesen ihm auch sogleich seine Arbeit an; die bestand darin, das kristallene Haus rein und blank zu halten. Da mussten die durchsichtigen Wände, die der See bespritzte, täglich mit einem reinen Tuch trocken gerieben, ferner die Marmorplatten des Bodens, zwischen deren Fugen zuweilen Schlamm und Sand hindurchdrang, blank abgewaschen werden. Zuletzt, wenn alles dies geschehen war, musste er die Kleider der Schwestern samt seinen eigenen am See waschen, denn jene pflegten täglich ein frisches Gewand anzulegen, und auch er musste dies tun. Anfangs stellte sich nun Kaspar sehr ungeschickt und wusste nichts rein und blank zu machen. Aber bald wurde sein Auge für alle die Schönheit empfänglich, und er duldete nicht mehr, dass nur ein Wassertropfen die Kristallwand trübte oder ein Sandkörnchen auf dem glatten Marmorboden lag, oder dass der kleinste Schmutzfleck sein reines Gewand verunstaltete. Da er sich schon zuvor an Fleiß und Gehorsam gewöhnt hatte, so waren die Seefräulein sehr mit seinem Dienst zufrieden. Sie überließen ihm die Geschäfte gänzlich, die sie zuvor selbst besorgt hatten, und bestiegen jeden Morgen ihren Nachen, der einer großen Perlmuttschale glich und, ohne dass man zu rudern brauchte, in der Richtung hinglitt, die man zu ihm durch sanften Stoß gab. So ließen sie sich den ganzen Tag über auf dem glatten Spiegel des Sees schaukeln, fingen Fische und sammelten Schilfgras, das sie trockneten und im marmornen Kamin statt des Holzes brannten, um ihre Fische dabei zu braten.

Kaspar hatte es weit besser, als zuvor im unterirdischen Dunkel bei den Erdmännlein. Das kristallene Schloss, das in der Sonne wie durchsichtiges Gold glänzte, und der klare blaue See und der grüne Wald am Ufer waren so schön anzuschauen, dass man ihren Anblick nicht sattsehen konnte; aus dem Wald aber drang Vogelgesang herüber, und die Seefräulein pflegten, wenn sie sich in ihrem Muschelschifflein wiegten, mit glockenklaren Stimmen zu singen. Dennoch hatte der Knabe Heimweh nach seiner Großmutter und nach menschlichem Umgang; inmitten all dieser Schönheit fühlte er sich sehr einsam, denn die Seefräulein richteten nur selten wenige Worte an ihn, und wenn sie in ihrem Nachen sangen, so geschah dies in einer fremden Sprache, die er nicht verstand. Darum wuchs seine Sehnsucht nach der Heimat Tag für Tag. Aber zu entfliehen war unmöglich für ihn, denn die Seefräulein legten den Muschelnachen jeden Abend an eine silberne Kette, an der war ein goldenes Schloss befestigt, zu dem jede der Schwestern einen Schlüssel bei sich trug.

Während nun Kaspar jeden Tag die Gewänder am See wusch und sie auf dem kleinen Rasenfleck, der das Kristallhaus umgab, trocknete, kam häufig ein Vöglein über den See geflogen, das hatte sein Nestchen in dem weißen Rosenstrauch, den Kaspar einst begossen hatte, da er verschmachten wollte. Dafür hatte das Vöglein den Knaben lieb gewonnen und suchte ihn in seiner Einsamkeit auf und da es ihn oft heimlich um seine Heimat klagen hörte, wusste es auch, was ihm fehlte, und beschloss, ihm zu helfen.

Darüber ging der Sommer zu Ende. Kaspar dachte ganz traurig daran, dass bald der Winter kommen werde und dass ihm dann eine Flucht doppelt unmöglich sein müsse, weil er, unbekannt mit dem Weg, da elend vor Frost umkommen würde. Traurig war er eines Abends wieder zu Bett gegangen und schlief ein. Da hörte er die kristallene Wand hell erklingen. Darüber erwachte der Knabe und hörte das Vöglein zwitschern:

Steh auf vom Bett,
Hier, lös' die Kett'!

Und als er aufblickte, sah er das Vöglein, das trug einen kleinen goldenen Schlüssel im Schnabel, mit dem es an die Kristallwand pochte. Den hatte es einem der Seefräulein heimlich abgenommen, da sie schliefen und der warmen Nacht wegen ein Fenster geöffnet hatten.

Da stand Kaspar auf, kleidete sich ganz geräuschlos an und ging behutsam die Marmorflur entlang bis zur Eingangspforte des kristallenen Hauses, die stets offen stand, da man ohne den Nachen nicht von der Insel entkommen konnte. Das Vöglein reichte ihm den goldenen Schlüssel; er schloss die Kette auf und sprang rasch in den Nachen. Der glitt sanft über den See hin, und der Mond sandte sein mildes Licht, so dass der

Knabe die Ufer ganz genau unterscheiden konnte. Er lenkte daher den Muschelnachen den Felsen zu, denn er wollte nicht wieder in den Wald zurückkehren, das Vöglein aber setzte sich auf den Rand des Schiffleins. Als dieses nach sanfter Fahrt am Ufer still stand, stieg der Knabe aus, gab dem Muschelnachen einen Stoß, dass er zur Insel zurückkehre, dem Vöglein aber, das aufflatterte, rief er tausend Dank zu. Da klang das Zwitschern des Vögleins herüber:

> Denke fein
> An den See,
> Schmuck und rein
> Immer geh!

Kaspar aber schlug einen schmalen Pfad ein, der zwischen den Bergen hinführte, und bald hatte er den See aus dem Blick verloren. So beschwerlich auch sein Weg war, der bergauf und ab über Steingerölle hin und an Abgründen vorüberführte, so blieb er doch unverdrossen, löschte seinen Durst an den Quellen und aß Haselnüsse und Brombeeren dazu. Da erreichte er gegen Abend das Ende des Gebirges, und vor seinen Augen breitete sich eine weite angebaute Ebene mit Fruchtfeldern und Wiesengrund aus, darauf Herden weideten; ganz ferne aber sah er die Türme einer kleinen Stadt. Je näher er derselben kam, desto bekannter erschien sie ihm, und als er dieselbe mit Einbruch der Nacht erreichte, da war es seine Vaterstadt, und er trat in die Hütte seiner Großmutter, als sie eben ihr Öllämpchen angezündet hatte, und fiel ihr mit lautem Ruf um den Hals.

Das war eine Freude, als die alte Frau sich überzeugte, dass sie gewiss und wahrhaftig ihren verlorenen Enkel vor sich sehe, und kaum konnte sie es glauben, denn er war größer geworden, und sah gar klug und schmuck aus. Sie wurde gar nicht müde, ihn zu herzen, bis es ihr endlich einfiel, dass er hungrig sein werde. Da stellte sie das Abendbrot auf und klagte, dass sie ihm nichts Besseres vorsetzen könne, als eine Hafersuppe, die er früher ja nie habe essen mögen. Aber der Knabe war hungrig, und die Hafersuppe schmeckte ihm besser als die gebackenen Fische, die ihm endlich entleidet waren. Nach dem Essen setzte sich die Großmutter zu Kaspar an den Tisch, schürte das Lämpchen, dass es hell brannte, und nun musste Kaspar erzählen, wie es ihm ergangen war und was er alles erlebt hatte. Da wurde die Verwunderung der Großmutter immer größer; am Schluss aber verabredete sie mit dem Enkel, dass er seine Abenteuer sonst niemand weiter erzählen solle, weil man ihm nicht Glauben schenken, sondern nur Spott mit ihm darüber treiben würde.

Dann legten sie sich froh und zufrieden zu Bett; Kaspar war glücklich, dass er wieder in der Heimat war, und die Großmutter dankte Gott, dass sie ihren Enkel wieder hatte. Als sie aber morgens erwachte, wartete ihrer eine neue Überraschung, denn Kaspar war schon seit etlichen Stunden auf und hatte das schmutzige Stüblein schön rein gefegt, den Boden mit weißem

Sand bestreut, die kleinen Fensterscheiben blank abgewaschen und aus dem Gärtlein daneben einen Blumenstrauß samt wohlriechendem Grün gepflückt und in einem Topf mit Wasser auf den Fenstersims gestellt. Da sah das kleine Stüblein so schmuck aus, wie noch nie. Auch hatte er Wasser in die Küche getragen, Holz klein gespalten und, sobald die Großmutter wach war, Feuer auf den Herd gemacht, so dass sie nur die Morgensuppe kochen durfte. Und als sie sich verwunderte, sprach er: »Großmütterlein, du hast dich lange genug plagen müssen, nun sollst du's besser bekommen.«

Und Kaspar hielt Wort. Er war fortan der gefälligste, fleißigste und reinlichste Knabe, seiner Großmutter Freude und Stütze, beliebt in der ganzen Nachbarschaft, in der Schule vom Lehrer geschätzt und den Mitschülern ein Muster. Da es ihm nun an Fleiß nicht fehlte, war er fast stets der Erste in der Klasse, und seine Hefte und Bücher waren nie beschmutzt und tintenfleckig. Dabei war er den Kameraden stets gern gefällig und duldete besonders nie, dass ein Stärkerer einen Schwachen plagte.

Als er heranwuchs und ein Handwerk lernen wollte, war jeder Meister bereit, den fleißigen, geordneten Knaben in die Lehre zu nehmen, und weil er Liebe zum Bauwesen hatte, ging er zu einem Werkmeister, lernte etwas Tüchtiges und bekam als Geselle stets größeren Lohn als jeder andere. Nachdem er selbst Meister geworden war, erhielt er um seines Fleißes und seiner sauberen, pünktlichen Arbeit willen viel zu tun, baute große und kleine Häuser, einige mit hölzernem Schnitzwerk verziert, wie er es bei den Erdmännchen gesehen hatte, auch Schlösser blank und glänzend, wie das Kristallhaus auf der Insel des Sees. Zugleich war er wegen seines freundlichen, guttätigen Wesens geschätzt von seinen Mitbürgern und geliebt von seiner Familie. Am meisten erfreute sich seine alte Großmutter am Glück ihres Enkels, in dessen Haus sie ein hohes Alter erreichte und gut gepflegt wurde bis an ihr sanftes Ende.